蜉蝣

人生的一个象征

[美] 富兰克林 | 等著
夏济安 | 译

江苏凤凰文艺出版社
JIANGSU PHOENIX LITERATURE AND ART PUBLISHING, LTD

图书在版编目（CIP）数据

蜉蝣：人生的一个象征 /（美）富兰克林等著；夏济安译. — 南京：江苏凤凰文艺出版社，2016
ISBN 978-7-5399-9358-4

Ⅰ. ①蜉… Ⅱ. ①富… ②夏… Ⅲ. ①散文集—世界 Ⅳ. ①I16

中国版本图书馆 CIP 数据核字(2016)第 132214 号

书　　名	蜉蝣：人生的一个象征
著　　者	（美）富兰克林 等
译　　者	夏济安
责任编辑	黄孝阳　汪　旭
出版发行	凤凰出版传媒股份有限公司 江苏凤凰文艺出版社
出版社地址	南京市中央路 165 号，邮编：210009
出版社网址	http://www.jswenyi.com
经　　销	凤凰出版传媒股份有限公司
印　　刷	南京新华泰实业有限公司印刷厂
开　　本	880×1230 毫米 1/32
印　　张	8
字　　数	190 千字
版　　次	2016 年 10 月第 1 版　2016 年 10 月第 1 次印刷
标准书号	ISBN 978-7-5399-9358-4
定　　价	36.00 元

目录

爱德华兹：飞蜘蛛 / 001

在八月杪九月初那些宁静清明的日子，无数灿烂的小蛛网，和闪耀的蛛丝，反射着明亮的阳光；蛛丝有些延伸得极长，有些看来高达云霄，好像要在阳光中焚化，蔚为一幅美丽而动人的奇观。

霍桑：古屋杂忆 / 009

古屋在这时候从河上看来是特别的亲切：它的灰色的朴素的外表，对于现代人的枉费心机徒事奢华，正是一个有力的反击。我们所反对的是虚伪的生活，这座房子既然是朴素的象征，对于我们自当有它的神圣的意义。

欧文：西敏大寺 / 051

时间永远是在静静地翻他的书页；我们忙着注意眼前的新闻，无暇去想那些曾经轰动一时的古人轶事；每个时代都只是一卷历史，很快地被后人丢弃一旁，置诸脑后。今天的偶像把昨天的英雄推出我们记忆之外；但是明天又有明天的偶像，他又把前者的地位取而代之了。

欧文：作者自叙 / 069

美国有大湖，银波闪翻，浩瀚汪洋；有高山，空灵缥缈，上接苍空；有草木横生鸟兽繁殖的山谷，有在荒山中澎湃直泻的大瀑布；有一望无际满目绿色的大平原；美国的大河，身阔水深，庄严地静静地流向海洋；美国的森林，古木参天，绵延千里，至今没有樵径可循；美国的天空，阳光普照，夏云过处，光彩奇丽。举凡天地之美，不论是宏伟的，或是优美的，均尽萃于此。

欧文：英国的农村生活 / 077

对于一草一木的美丽的形体和各种花木的和谐的配合，英国人都有精微的见解——这种种自然之美，在别国都是生在荒野之地，自生自灭，可是在英国，却给人工搜罗起来，放置在家宅的周围。大自然的美，最为娇羞而不可捉摸，可是英国人有办法捉住它们，而且他们似乎有魔法一般，把它们捉住之后，还把它们分布在自己乡村住宅的四周。

梭罗：冬日漫步 / 091

现在，在农夫的火炉边上，漫长的冬夜开始了；人虽偈处斗室，然而思想无远弗届，人性本是慈善的，到了这时候对于天下一切有情众生，更非宽大慈悲为怀不可。庄稼早已收割，对于严冬已经有备无患，农夫想到这一点，油然心喜；他现在心平气和的，从闪闪烁烁的玻璃窗往外采望“北极熊的家”，现在风暴已过。

梭罗：禽兽为邻 / 115

为什么只是我们看到的一些事物，构成这个世界？为什么只有这样一些禽兽才能做人的邻居，好像天地之间这样一个罅隙，只有一座房子才能把它填满似的？我想寓言作家把动物利用得好极了；到了他们手里，一切动物都成了负载之兽——它们都足负载着我们的一些思想。

爱默生：论美 / 135

不论在穷乡陋巷，不论环境如何湫隘，人如有发扬真理的举动，豪迈慷慨的行为，立刻可以化天地为庙堂，引日月为香烛。人的心胸如能和自然同其伟大，自然就可以将人援引高升，使他“德参天地”。宏伟的山水，优美的草木，她都欣然地用地替她的骄子作为装饰品。图画的框子早已存在，人的思想行动就是一幅图画，唯有伟大的图画，才能配这副伟大的框子。

富兰克林：蜉蝣：人生的一个象征 / 147

回忆我这一生，为了我们这树丛里同胞的福利，我参加过多少次政治斗争，又研究过多少种哲学问题！“道心惟微，虫心惟危”，我们现在这一族蜉蝣必须随时戒慎警惕，否则一不小心，在几分钟之内，就可以变得像别的树丛里历史较为悠久的别族蜉蝣一样，道德沦亡，万劫不复！

富兰克林：美腿与丑腿 / 153

世界上有两种人，他们的健康、财富以及生活上的各种享受大致相同，结果，一种人是幸福的，另一种却得不到幸福。他们对物、对人和对事的观点不同，那些观点对于他们心灵上的影响因此也不同，苦乐的分野主要的也就在此。

杰佛逊：民主教育 / 159

鉴往可以知来，读历史的人必能利用别的时代和别的国家的经验，用以判断未来；他们能够判断人类的行动和企图；他们能够窥破藏在各种伪装下的野心，而予以扑灭。世上各国政府都存有一些人性弱点的痕迹，一些腐败和堕落的细菌,狡猾者将发现这些痕迹,唯有人民自己才是政府可靠的受托者。为了使他们完全可靠,他们的心智必须予以相当的陶冶。这虽然不是教育唯一的目的,但这却是教育必要的任务。

勃拉恩脱:诗歌与我们的时代和国家的关系 / 165

一个诗人唯有知识广博,始能跟上时代,而近代人所需要的知识,比前人更多,但是广博的知识,实无害于诗人的发展。知识是天才的原料,天才利用他的知识,才可以编成他的灿烂的作品。广博的知识需要卓越的天才来加以整理,才可以化为美丽的诗篇;而且诗中所含藏的知识愈多,诗篇的结构就愈是宏大奇伟。

霍姆斯:爱德华兹论 / 181

我们读巴斯加的文章,觉得他的机智精巧,妙思入微;爱德华兹有时候也笔带讥刺,庄重的读者不免为之莞尔一笑。两人的文章,都常出诸格言警句的体裁,他们不喜冗长的叙述。因为精密的思想家就像银行家一样,惯于在支票上签字,不习惯点数钞票给人的——而且两人的机锋警句,题材从不完全相同,也是很相类似的。

梅尔维尔:霍桑论 / 227

我希望天下的好书都是私生子,没有父亲,也没有母亲,我们就此可以直接赞美书的本身,不要把号称是它们作者的人牵连进去。一切优秀作家的名字,都只好算是"乌有先生"和"亡是公",比"居宜氏"这类的笔名更为虚无缥缈;因为作家的名字并不代表作家个人,它所代表的是一种神秘的、不可捉摸的美的灵魂,所谓天才也者,就是全部受这种灵魂支配的。

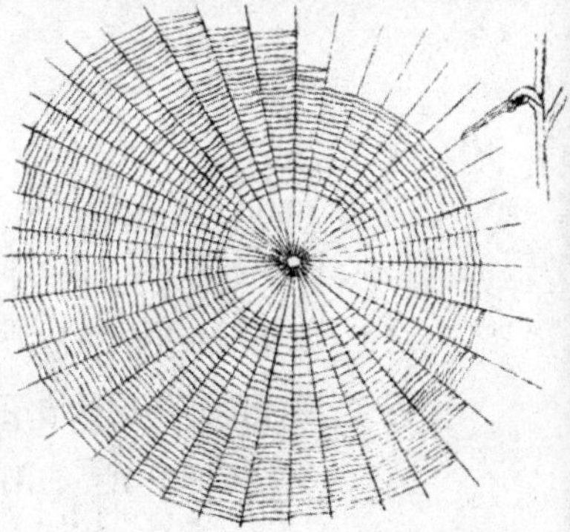

飞蜘蛛

爱德华兹

愿此文博大人一笑：

蜘蛛的某些奇异动态，我曾有幸目睹。这类昆虫的一举一动都令人惊奇，其中有些行迹实在奇妙得不可思议。凡是习居乡间的人，都晓得它们如何从树与树之间腾空而行，有时两树相隔遥达五六竿①。你若是在八月末梢或九月初挑一个有露的早晨，到郊外去走走，一定会看到许多蜘蛛网张在树木的枝干间，网上挂着露珠，易被肉眼所觉察。一般人都以为蛛网是在夜间织成的，它们似乎只在早晨出现。然而事实上蛛网绝没有在夜间织成的，这种蜘蛛从不在天黑之后露水下降的时候出外工作。但这些蛛网在白天阳光的反映下，也会被留心观察的人看得清清楚楚。尤其是在傍晚，那些介于人眼和天边的蛛网，恰好反射着夕阳的光辉，看起来就特别显明。同时大家常能看到蜘蛛在树林间腾空旅行，其姿态实难以形容。但我还常看到更能令人惊异的事情。在八月杪九月初那些宁静清明的日子，我站在一所房屋

① 每竿约为五米。

或其他遮荫的背后，相隔一些距离，刚好避开眩目的阳光，然后紧靠着我的掩护物的边沿望过去，我曾见无数灿烂的小蛛网，和闪耀的蛛丝，反射着明亮的阳光；蛛丝有些延伸得极长，有些看来高达云霄，好像要在阳光中焚化，蔚为一幅美丽而动人的奇观。我站得那么远，蛛网能显现得那样清楚，这是不可思议的。有些蛛网在极远的距离下看来比它们应有之大小至少要大上几千倍。我相信它们所显现的角度

很大，恰像直径一英尺①的物体在那种距离下所显现的角度；光亮的物体在远距离看来总显得特别大，这和观察恒星的道理完全相同。但最令人惊奇的是，在这些蛛丝的尽头常常有个蜘蛛，它带着蛛丝在空中飞航；我总是怀着又惊又喜的心情欣赏这幅奇景，同时也指给别人看。由于我见过这些，我对蜘蛛可说颇有研究；它们那种神奇行动的奥秘究竟何在，那是我决心要设法查出来的。它们的动态，我运气很好，常能见到。当蜘蛛要从一棵树动身到另一棵树去，或者要飞行空中的时候，它先从所站的树枝上以一条蛛丝把身子荡下很短的距离；然后用前足握住它，借以支持身躯，再放出另一条蛛丝，蛛丝从它的尾部放出，很轻快地在微风中荡漾，它爱放多长就有多长；假如蛛丝放出去碰着了一棵树的枝干，它马上就能觉察出来，旋即把蛛丝的一端粘住刚才荡它下来的蛛丝，然后就沿着这条从它尾部放出的蛛丝逸去。但愿我眼福无穷，常能睹此奇迹。

无疑的是，这些从蜘蛛的尾放出的丝，比空气还轻，因为它们一进入平静的空气中，就会向上升腾；不遇着逆风，决不下降。能在空中升腾的东西必轻于空气，能在水中漂浮的必轻于水，这是同样确实的道理。因此，如果我们假定空中静寂无风，蜘蛛从尾部放丝出去是极容易的，只要它的头一放出来，空气的浮力就足够将它拖出，长到任何程度都可以。这条蛛丝的一端碰不着什么树枝或别的物体，它又放得很长很长，以致所受的浮力超过了蜘蛛的重量，或者说当蜘蛛蛛丝的总重量轻于同样体积的空气之重时，那么依照世界公认的自然律，蛛丝和蜘蛛将一同在空中上升，不致下降。就像人在水底，抓住了一块大木料，其升浮的力量大于这人下沉的力量，他和这块木料将

---

① 英尺，英美常用计量单位，1 英尺≈30 厘米。

一同上升水面。因此，当蜘蛛觉察蛛丝的长度已有足够浮力将它托起时，它就放掉一条蛛丝，随着另一条蛛丝升入空中。如果蛛丝的长度并不太够，其浮力仅足平衡蜘蛛的重量，蜘蛛和蛛丝就会悬在空中，除了被风吹动外既不上升，也不下降。但假若蛛丝极长，其浮力远超蜘蛛的重量，他们就会一直升到空气稀薄的高空，在那儿蜘蛛蛛丝的总重量恰好和同样体积的空气重量相等。我曾经好多次目睹蜘蛛从我手里的一根木杖上像这样随着前面绵延不断的蛛丝升上空去；因为只要我摇动木杖，蜘蛛一受惊动，就立刻会像上述那样腾空而去。如果把他们置于太阳光中，或者背衬着一扇漆黑的大门，或任何黑色的背景，就能把它们动作的情形看得清清楚楚。

现在，唯一难解的是：蛛丝最初是如何从蜘蛛的尾部放出来的。只要蛛丝的头一放出体外，我们就很容易想象：如何由于浮力和气流的影响，它能够放得很长很长。但那样柔细的蛛丝头究竟如何脱出蜘蛛尾巴的呢？蛛丝藏在蜘蛛的体内时，它是一种雾状的液体，盛在它们瓶子似的尾部之内；一和空气接触，马上就化为固体，其质极细，具有伸长的性能。它既是液体，它们放出柔细的丝时，如何能不把液体泄出一滴沾在丝头上，这点颇为不可思议；但这种情形是见不到的，而且也无需见到；因为它们飞行前，只是把一条蛛丝和另一条分开，蛛丝的头是早就放出来了的。至于它们如何将丝分开，我从未能看清。那么微细的一条蛛丝介于蜘蛛的大腿之间，实在难以明察。但我深信情形确是如此，因为它们在放出第二条蛛丝之前，必须想办法把第一条蛛丝从尾巴分开。后来我知道它们可以用咬断或者别种方法，把蛛丝分截。不然的话，它们就无法使自己离开最初的那条蛛丝。

这就是蜘蛛如何于相距很远的树木间行进，和如何于空中飞行之道。 我虽说对此确信无疑，却不希望大家听了我的话就信以为真；虽然我能找人来作证，因为我曾把这事指给别人看过，他们也曾惊异地目睹蜘蛛的这些动态。 但任何人只要肯用眼睛费力观察，都能对此信服。 不过起初观察的时候必须注意：那些耽在房子里、地上、沼泽中、树洞中和朽木中的蜘蛛并不和它同类；只有树枝上的蜘蛛才是会飞的蜘蛛。 它们最喜欢躲在胡桃树上，我们在年终时常见各种各色的角形蛛网，就是这类蜘蛛所织的。 这类蜘蛛的数目较其他种类的要多得多。

我确信其飞行技能之主要目的，并非为养生，而是为灭亡；因为蜘蛛能飞，最后亦必死于飞。 自然演变的结果，我们不可能发现，但是我们能够找到使它演变的原因。 陆上的蜘蛛每年被卷入海洋之中的，其数目一定大得可观。 这些蜘蛛只在气候良好而干燥的时候才肯飞行，但无论在此地或别处大陆，只有风从内陆吹向海洋的时候，天气才是清朗的，例如这儿，新英格兰区，陆地位于西方，海洋位于东方，好天气总是在刮西风的时候。 我每次看

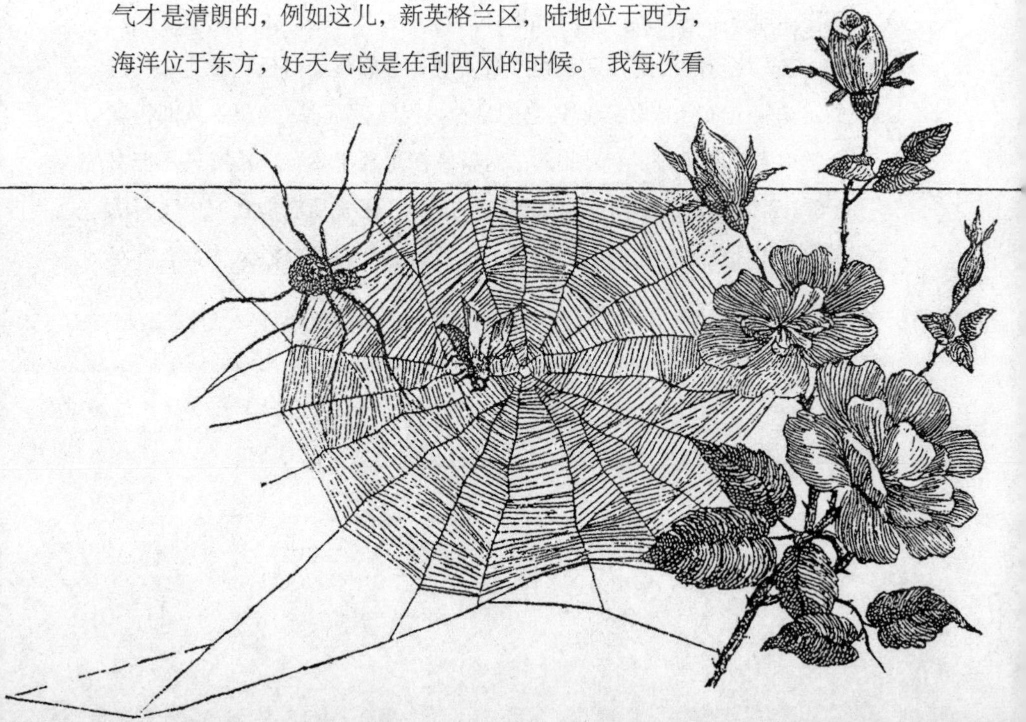

见蜘蛛飞行，总是看它们朝着海洋的方向赶去。它们飞行的时间极长，大约是从八月中旬任何一个有阳光的日子，直到十月底为止（不过它们飞行的主要时间，是像我上面所说的，从八月杪起至九月初）；它们从不自海洋飞来，总是向海洋飞去，终必飞达海洋。如果我们以为它们飞到海边，它们会懂得停止前进，那是不合理的想法；因为其时海岸上的蜘蛛应当比其他任何地方多上几百倍，事实可并不如此。

其他会飞的昆虫也是这样：蜘蛛带着蛛丝在空中飞行的期间，我可以看见同时还有无数苍蝇也跟那蜘蛛一齐飞向海洋；我还看见此时藏匿于草丛中的蝴蝶和飞蛾，也翱翔在超越所有树顶的高空，朝着同一方向飞去。我看见这些昆虫的飞翔，总是在傍晚，阳光并不刺眼，因此无须站在遮荫之下。我常想它们是在寻觅更温暖的处所。

我认为它们之所以要在每年那个时期飞行，是因为它们地面和树上的夏季别墅，其时都开始转凉，使它们觉得不舒服。因此，当太阳暖洋洋地照着的时候，它们就离开居所，飞上空去，在阳光下舒展翅翼，它们飞行的目的，只是为本身安逸，它们听任自己随意飞去，它们发觉顺风而行最为安逸。它们是为寻找温暖而飞，如果逆风而行就会觉得寒冷而费力了，因此，它们虽像在用翅膀飞行，其实只是把身子浮在空中，随意飘游。所以无疑的是，差不多所有能在空中飞行的昆虫，和那些生长在树上的蜘蛛，每到年底都将被风卷入大海，葬身海底，仅留下它们的幼卵，待来年生出新的一代。

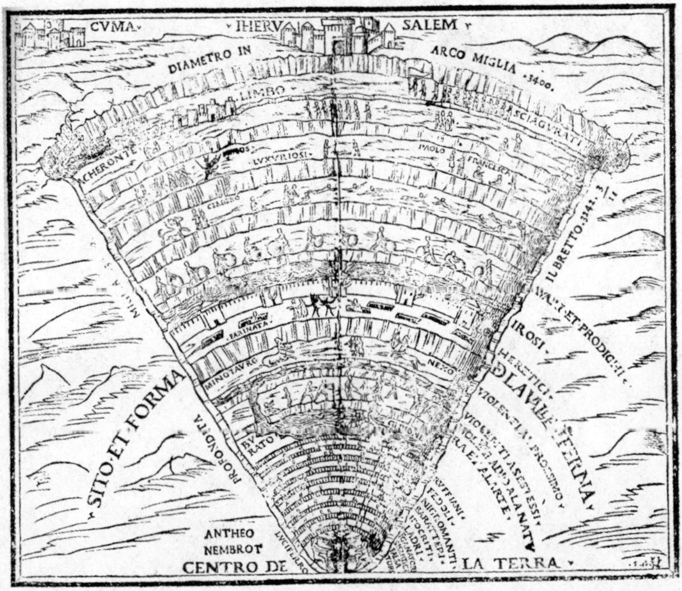
CVMA
IHERV
SALEM
DIAMETRO IN
ARCO MIGLIA .3400.
LIMBO
SCIAGVRATI
ACHERONTE
LVXVRIOSI
PAOLO
IROSI
HERETICI
FARINATA
MINOTAVRO
SITO·ET·FORMA
PROFONDITA
ANTHEO
NEMBROT
CENTRO DE
LA TERRA

古屋杂忆

霍　桑

一条大路，两旁白蜡树成林，路尽头可以望见牧师[①]旧宅的灰色门面，路口园门的门拱已不知在哪一年掉下来了，可是两座粗石雕成的门柱还巍然矗立着。旧宅的故主是位德高望重的牧师，现已不在人世，一年前，他的灵柩从园门里迁出，移向村中的公墓，也有不少人执绋随行。园门里的林荫大路和宅门前的马车前，杂草蔓生，偶尔有两三只鸦飞来，随意啄食，在路旁觅食的那头老白马，也可以在这里吃到几口可口的美餐。宅门和公路之间，都是隐约朦胧的树影，远远望去，似乎人鬼异世，这座旧宅也不属于这个世界的了。通常贴近路旁的住宅屋子，看上去总是亲切近人，行人路过，似乎觉得伸进头去即可看到家庭融泄之乐，这座宅子的气象，可大不相同。这里环境十分幽静，从窗子望出去，一片静穆，即使有人路过，也像是模模糊糊，隔了一个世界，不足以扰乱宅内的宁静。这样一个地方，离开村

① 这座古屋，是爱默生的祖父威廉·爱默生牧师于1765年所建，爱氏曾目睹英美军队的交战。其后任为李柏来(Rev.Ezra Ripley)牧师，李氏即文中所述种植苹果树的那个老人。霍桑于1842年迁入。

Maison de Hawth

e, à Concord.

子不远，又如此僻静，正是适合于牧师的住宅，牧师先生不能远离人群，可是他虽结庐人境，他生活的周围似乎罩上一层明暗夹杂的幕，其神秘不是凡人所能窥测的。一座房子能够成为世代相传牧师之家，是很幸运的。那位任圣职的屋主，在这里从青春住到老年，再将房子传给下一代的牧师，自有一种圣洁之气，四周弥漫，上下笼罩，与俗人之所居，也就大异其趣了。

这座古宅的确没有凡夫俗子搬来住过，自从那天下午——那个值得纪念的夏日下午——我搬来之后，屋主才不再是牧师。造这座房子的是牧师，以后搬来的也是牧师，这许多年来，在这里借住过的，多少也和教会有点关系。连在屋内长大的孩子们，也沾染了牧师的气质。这些牧师在这里所写的讲道文，其数目一定多得可怕。单说我以前那位住户吧（他归天之后，房屋空出，我才搬进来），写过差不多三千篇讲道文，其他未经准备脱口而出的讲道文，数目不知还有多少。他在这条林荫路上无疑地也徘徊踌躇了不知多少回，在他低头沉思的时候，林间树梢，风声时而窃窃太息，时而暗恶叱咤，牧师先生的思路，似乎也正配合了风声进行。天籁万端，有微风、有怒号，牧师先生的文章语调有时候是一片慈祥，有时候肃穆庄重，似乎也和天地间刻刻不同的气息相配合。我头顶上的树枝交叉，茂盛深邃，抬头望去，里面似乎不单是窸窣作响的树叶，而且还有深远的思想。我一向写的都是无聊的故事，追念前贤，不禁惭愧，因此希望黄叶下落的时候，天上的智慧也会降落到我的头上，普通藓苔繁生的旧宅，总有人去找寻藏镪，我也希望在这里能够发掘到智慧的宝藏。住在这样一处僻静的地方，对我顶合适的写作该是深奥的道德论文和“我的宗教观”之类的文章（我既不任教职，所说的话难免外行，但是因此恐怕也可以少些偏见），历史书也不妨写——充满了栩栩如生的描写，又发挥了高深的哲理。彭可夫①曾经想住到我这座房子里来，假如他果真搬来，他所写的历史一定也属于这一类。我至不济也得写部长篇小说，里面也得发挥哲理，内容充实，即使不写别的东西，即此一本书就该有传世的价值。

这座房子后面，有一间小巧的书房，学人在此用功，最是安适幽静，有了这样理想的环境，我更应该努力实现我的写作计划，没有什么可资推诿拖延的借口了。爱默生在此完成了他的《大自然》，当他卜居于此的时候，在东边的小山顶上，他必定经常瞻仰那亚述帝国似的旭日东升和百福赐古城似的暮霞和月出②。我第一次踏进这间书房，只是历年的煤烟，已经把墙壁熏得乌黑，周围挂满了清教徒牧师的画像，个个面目古板，使得书房里更是黑昽昽没有生气。很奇怪的，那些教会人物长得都狰狞如魔鬼，他们都尽毕生之力，不断地和魔鬼作苦战，耳濡目染既久，因此不知不觉中他们也长了和魔鬼一般可怕的黑脸。自从我搬来之后，这

① 彭可夫(George Bancrolft 1800—1891)曾著《美国史》。

② 爱默生在此完成他的《大自然》(Nature)时，霍桑尚未迁来。"The dawn is my Assyria; the sunset and moonrise my Paphos."是《大自然》里的名句，句意是："大自然之美，俯拾皆是，虽帝王之尊，其所享受者，无能过于我。"亚述是古代大帝国，百福赐是塞浦路斯岛上的古城。

些画像都已撤走，墙上新油了一层黑漆，还糊了金色的纸，这间小小的书房，也居然使人耳目一新。窗外垂柳拂檐，下午西沉的太阳，掩映在柳绿之间，看来更觉悦目。代替那些可怕的牧师像的是一幅拉斐尔圣母图的头部翻版和两小幅幽雅的意大利科玛湖风景画。此外的装饰品是一座紫色的花瓶，四季鲜花不断，另外一座古铜花盆，种的是摇曳生姿的羊齿植物。我的藏书不多，更没有什么精本雅椠，都是些我随手捡来的普通书，现在在我书房里排列得很整齐，我也难得去翻动它们。

书房里有三扇窗，每扇所嵌的都是旧式的小块玻璃，玻璃上都已有裂痕。两扇朝西，在柳丝掩映之间，可以望见园内的果树，果树外更隐隐约约地可以看见那条河。另外一扇窗是朝北的，这里视野比较开阔，河可以看得清清楚楚。这条河本来藉藉无名，可是就在我北窗外那一带的地方，美国独立军曾和英军打过仗，这条河的名字也因此名垂青史。想当年房子的主人牧师先生曾经在窗口望见英美两国长期苦战的爆发：在河的那一岸是他的教区老百姓所组织的乌合之众，在河的这一岸是旗帜鲜明的英国正规部队。两方面列阵以待，牧师先生很焦灼地等待着火枪开火。火开过了，轻轻一阵风，就把炮火硝烟吹开，这座房子仍旧恢复它的安静。

本文的读者，我应该待之以上宾之礼，古屋的一切，我应该尽量让他参观，关于刚才所讲的美国独立之战的战场，他也许要看得更仔细一点。好吧，我们现在就站在河岸之上。河名“康格”，本有和平安静之意，河流迟缓，呆呆地于不知不觉中注入大海，丝毫没有出奇之处。说真的，我来此三个星期之后，方才看得出河是向哪一方向流的。只有在阳光明媚的日子，加上吹西北风，河面才粼粼地显出一点生气。山间激流，随意奔腾，可是终究为人类的机巧所利用，眼前这条河，天生迟钝，因此也逃过了做奴隶的命运。天生万物，据说各有其用，可是这条河懒洋洋的竟能享它的懒福，它用不着转动一支纱锭，也用不着发出力量，把它两岸所种的玉蜀黍，磨碎成粉。水流太为迟缓，走遍上流下流，你绝找不出一条发金光的沙滩，或是一处堆满鹅卵石的耀眼的河岸。这条河只是在左右两大块草原之间打瞌睡，吻着草原上的长草，洗涤着柳枝和接骨木的垂条，滋润着榆树、白蜡和枫树的老根。在浅水的岸边，芦草丛生，黄花的睡莲展开它扁平的绿叶，白色的荷花开得芬芳扑鼻，可是它的地位总是离开河岸不近，假如你要伸手采它，就非得冒失足落水的危险不可。

荷花如此清香可爱，可以说是天下最完美的花，可是它的根，却长在河底的黑色污泥中，根浊花清，这不得不说是一种奇迹。河底潜伏着滑溜的泥鳅，斑斑点点的青蛙，满身污秽的乌龟，这种东西虽然终年在水里过活，身上却永远洗不干净。黄色睡莲的香味恶俗，姿态妖媚，它的根也是生在河底的黑泥里面。因此我们可以看见在同样不道德的环境之下，有些人能够出污泥而不染，开出清香的荷花，有些人却受丑恶的熏陶，成了黄色的睡莲了。

读者千万不要因为我上一段的描写，对于我们这一条睡意蒙眬的河流，生出厌恶之心。每当天气清明，黄昏日落，金霞满目，那时河边景色，美丽得无可形容：天地间一派静穆气象，时间也正是劳人休憩的时候，连吹了一天的风，到晚来也归于平静。一木一石，甚至一草之微，在水里都清清楚楚地反映出来，它们在岸上也许并不十分可观，在水里的倒影，却有一种空灵之美。地上最微细的物件，上界广阔的穹苍，它在水里都清楚地反映出来，而且都显得特别的美丽。天空在我们脚底下发光，绮丽的云彩在一平如镜的河心滑过，好像平静的胸怀，忽然起了一阵奇思妙想。我们因此不能诋评我们这条河说它

的水流恶浊，它是能把覆罩万物的天空都好好地反映出来的。假如我们还是念念不忘它黄浊的水和污泥的底，这条河还是可以做我们人类灵魂的象征：人的灵魂不论是多么地充满了世俗之念，它在精神上还是有无限的容量，在它的深处还是可以有美好的境界。即使城市街头的污水坑，又何独不然？它也可以给我们同样的教训：同样的情形我们既然到处可以碰得着，这种教训一定有它的道理。

我们不是要去看美国独立战争的古战场吗？这一绕，可多走了不少路。现在到了，这个地方本来有一座桥，当年两军相争者就是这个东西。桥这一头，有两三棵榆树，阴影所盖之处，地方倒也不少，可是树还是战后所栽，年寿顶多不过七十岁而已。在河的彼岸，我们可以看得见在接骨木拂垂下的石质桥墩。我有一次朝河里一看，看见水里浸了好几块粗重木头，绿绿的长满了青苔，因为这半个世纪以来，桥既不复存在，这条公路上已经很少有人马走过了。河在这一段，大约有游泳家臂划二十次那么的宽，但是在双方枪弹交飞的时候，这点距离不好算宽的了。住在附近的父老会指给你看：西岸那几处地方曾经有我方的战士，中弹倒下阵亡的。河的这一边，竖有一块花岗石的石碑，那里的土地正浸透了英国人的血。碑高不过二十英尺，用以纪念一次全国性的战事，似嫌不够宏伟，可是在村民眼光中，这样一块碑，纪念本地一件要事，也就是够大的了。而且当时我方的战士，就是本地村民的祖先，勒石建碑的事情，照理也应该由子孙们来担任。

牧师住宅，四围有石墙围绕，墙外就是古战场，墙脚有坟一座，坟很简陋，没有花岗石碑那样使人注意，可是也是美国独立战争的古迹，而且更富于意义。坟顶是一块长了青苔的石头，坟脚也是一块石头——这是两个英国兵士的坟，在那次接触中阵亡，被勃朗和戴维士两人捡来埋葬在此，他们就在此长眠了。他们两人的战争生涯结束得最快：从波士顿夜行军赶来，周身疲乏，隔河一阵排枪，于是长眠在这许多年。美国独立战争中，英兵战死的很多，这两个无名兵士实在是死得最早的。

有一次我同诗人陆韦尔①站在墓旁凭吊，他告诉我一则传说，是有关于墓中的人物的。故事虽然不大近情，倒也相当动人。那天是四月的一个早晨，牧师古宅的后门，一个青年仆人正在劈柴，忽然桥的两头，厮杀之声大作，他就匆匆放下工作，手提斧子，到战场上去看看到底是怎么一回事。在那个时候，英兵忽然杀到，镇上乡下的老百姓早已逃命的逃命，参战的参战，这个小伙子居然还能专心一志地在劈柴，说来是不大合理的。等到那人赶到战场，英军已被杀败，美军在后追逐，战场上已经没有人了。地下躺了两个英国兵：一个已死，另外一个看见有人跑来，就用双手双膝把身体撑了起来，很痛苦又很可怕地对这个青年新英格兰人瞪了一眼。青年举起劈柴的斧头——这该是一时的冲动，并无什么目的，也未加思索，足见此人天生易受感情支配，做事毫不老练——他举起斧头，就向伤兵的脑袋上，狠狠砍下，把他砍死了。

我希望我能把坟掘开：我倒要看看这两具死尸是否有一具脑壳上有斧砍的痕迹。这个故事很使我感动，我常常代这个青年人设想：那时战争刚刚开始，人性的尊严还没有丧失，随随便便杀死一个人无异是谋杀，这个青年人的内心是不是要因此忏悔呢？他下半辈的生活该是多么痛苦呢？我常常拿这些问题来拷问自己，作为一种理智和道德上的训练，借此对于人生可以增加认识。关于美国独立战争，历史记载的书已经不少，可是这一则小小的故事，给我的印象最深。

---

① 陆韦尔(James Russell Lowell，1819—1891)美国诗人，哈佛大学教授，《大西洋》月刊创办人。

说起古屋，我们差不多已经把它忘怀了，可是我们现在就要回到屋里去。我们从果园走回去。果树都是古屋旧主人所种，那时老牧师已是风烛残年，白发苍苍，邻居看见他这把年纪还要种树，等到树上果子结好，他总是吃不到的了，因此大家都笑他傻。即使果如他们所想，他吃不到自己所种的果子，他为了下一代种树，其用心之纯洁无私，实在是值得称道的。有些人野心比他更大的，为下一代所作的努力，还未必有他那样生效。事实上，老牧师寿至九十开外，在他死前吃了好几年自己所种的苹果，吃剩的拿出去卖，他因此于年俸之外，又收入了不少金银。我们不妨想象早秋恬静的下午，老人在树下散步，见有苹果被风吹下的，就随手捡起，树上苹果累累，树枝都往下弯了，老人心里就盘算：这许多果子能装满几只空的面粉桶。他无疑对每棵树都很亲爱，好像它们都是他的孩子。果园同人类是有密切关系的，很容易使人心里起温暖之感。果树同森林里的野树大不相同：果树可以说是“家树”，它为人所栽培，也结果子给人吃，它因此也和人打成一片。苹果树长得又是各棵不同，它们不同的个性，更能引起我们的兴趣。有一棵所结的苹果又苦又涩，另一棵却是像“爱”一样的甘美。有一棵脾气吝啬而暴躁，它结了这么少的苹果，可又像舍不得给我们似的，另一棵却是宽宏大量，把一己所产，尽量地施舍。苹果树的枝干扭曲，形状古怪，我们对它们熟识之后，会体会到另外一种况味。它们弯弯曲曲的柯枝，在我们回忆之中，显得不像是树，而像是滑稽家或者老人，伸出他们的手臂。几棵老苹果树，颤巍巍地站在一处废屋的旁边，废屋已经不在，只有破烂的烟囱，还挺立在长满了杂草的地窖上面——天下还有比这个更凄凉的景象吗？苹果是年年地结，过路的人可以随意采来吃，可是滋味是又甜又苦，吃到嘴里正好像是沧海桑田人生变幻无常的教训呢。

老牧师遗留下来这么多果子树，现在由我一人来承受，能够同我来分而食之的，只有两三个人，粥多僧少，虽然是件乐事，可也是一件烦恼，我生平还没有过这一类的经验。夏天有吃不完的樱桃和酸果，一到秋天，苹果就熟，秋天一天一天地过去，苹果就不断地从秋天的背上掉下来。秋天的下午，即使一丝风都不吹，只要我凝神谛听，在四围静寂之中，总可听得见一颗肥大的苹果落地的声音——它长得太熟了，非自然落下不可。此外还有梨树，一年总要结不知多少篓肥硕的鲜梨。还有桃树，年成一好，我总弄得手脚无措，吃既不胜吃，又无法保藏，要送人都要费一番大周折。对这许多水果固然是麻烦，但因此可以进一步认识大自然的宽厚富足，也是很有意思的。我常认为：只有在终年如夏的南海岛上的土人，才能充分认识天地养育之恩：面包果、可可、樱果、甘橘之属，不劳种植，自然生长，土人的食粮，也永无匮乏之虞。可是像我这样一个人，久居闹市，忽然来到古屋这个僻静的地方，自己没有动手种植过的树上竟长满了随手可摘的果子。我对于宗教的看法可能是不合正统的，但我总觉得伊甸园的果子吃来想也不过如此。"面包是亲手赚来的才好吃"，这句格言恐怕有五千年的历史了。但是据我看来（我曾在清溪农场辛勤地犁过田，所以我实在是根据自己痛苦的经验得到这个结论的），我顶欣赏的还是天赐的美食。

自己家里假如有一个不大不小的菜园，种菜并不会花很多的力气，可是这点点力气就使那几棵菜吃起来特别香甜，你从菜农那里买来的菜，一定不会那么好吃。没有子女的男人，不妨种几种菜蔬，他就可以领略一点父亲的乐趣：随便一颗种子，南瓜也好，豆子玉蜀黍也好，即使一棵草花一枝杂草也好，亲手种在土里，从小到大，亲手栽培，看它生长，其中乐趣无穷。假如所种的东西不多，每棵蔬菜你

都认得，你对它更会有特别的兴趣。我的菜园就在古屋林荫道的两旁，大小恰如理想，每天早晨花一两个钟头照料一下就够了。可是我一天总要去看它十几次，对着那些蔬菜儿女，深深沉思，爱护之心油然而生。别人未曾参与创造之功，决不能想象到我心中的感觉，更不能体会我心头的爱。满山豆苗，穿土而出；或者一排早春的豌豆，新绿初着，远远望去，刚好是一条淡淡的绿线——天下没有比这个更迷人的景致。稍后几个星期，某种豆花怒放，蜂雀飞来采蜜——天使般的小鸟，竟飞到我的玉液杯琼浆盏里来吸取它们的仙家饮食，我看了心里总是十分快乐。夏季黄瓜的黄花总吸引无数的蜜蜂，它们探身入内，乐而忘返，也使我非常高兴，虽然它们的蜂房在何处我并不知道，它们采得花露所酿成的蜜我也吃不到。我的菜园只是施舍，不求报偿，可是我看见蜜蜂一群一群地吸饱了花露随风飞去，我很乐于布施，因为天下一定有人能吃到它们的蜜；人生的辛酸多矣，天下能多一点蜜糖，总是好事。我的生活也似乎因此甜蜜一点了。

讲起夏季南瓜，它们各种不同的美丽的形体，实在也值得一谈，它们长得如瓮如瓶，有深有浅，皮有一色无花的，也有起纹如瓦楞的，形体变化无穷，人的双手从来没有塑造过这样美的东西，雕刻家到南瓜田去一看，一定可以学到不少。我菜园里的一百个南瓜，至少在我眼里看来，都值得用大理石如式雕刻，永久保存。假如上帝多给我些钱（不过我知道这是不可能的），我一定要定做一套碗碟，材料用金子，或者用顶细洁的瓷土，形状就模仿我亲手种植出来的藤上的南瓜。这种碗碟拿来盛装蔬菜，更有相得益彰之妙。

我在菜园里辛勤工作，不仅满足我严格的爱美之感而已。冬季南瓜虽然长了一根弯脖子，没有夏季南瓜好看，可是看它们从小而大地生长，也自有一种快慰之感：瓜初结时，仅是一团小块，花的残瓣还依附在外，曾几何时，成了圆圆的大个儿，头部还钻在叶子里不让人见，可是黄黄的大肚子挺了起来，迎接中午时分的太阳。我凝神注视，心里觉得，凭着我的力量居然做了件很有意义的工作：世界上因此添增了新的生命。别看南瓜那么蠢然无知，它们真有它们的生命，你的手可以摸得出来，你的心可以体会得到，你看见了心里就会觉得高兴。白菜亦复如此——尤其是早熟的荷兰白菜，它的腰围长大得可怕，最后常常连心脏都会炸裂的——我们能够参与天地造物之功，栽培出这样大的白菜，心里不由得会觉得自豪。可是最大的乐趣还是在最后：一盘一盘蔬菜，热气腾腾地摆在桌上，我们就像希腊神话中的萨腾大神一样，把自己的孩子吃下肚中去了。

读者已经到河边去散步过，也曾凭吊过附近的古战场，也曾到果园菜园里去参观，可是古屋内部怎么样呢？ 读者恐怕急于想进去一看了。 说老实话，假如天气晴和，我请读者在屋外流连，恐怕反而可以尽我一份招待的心意。 我对于自己住宅的内部，认识得也不大清楚，只有一次，连日阴雨，不能出门，我方才能够在屋子住定下来。 我从书房窗子里所望见的雨景，可以说是自然界最阴沉的景象了。 高大的柳叶丛中，蓄积了很多的雨水，狂风一阵一阵地吹过，雨水就像瀑布似的从树上激射下来。 雨是整天地下，下了足足有一个星期：滴滴答答，煞拉煞拉，雨不断地从屋檐往下落，水管下面承接雨水的木桶里是泡沫翻腾。 古屋和附属矮屋的未经油漆的木铺屋顶，黑黑的全是水气；墙上的陈年旧藓，看来却是满眼新绿，好像是出世不久，时间老人最近才给加上去的。 河面本来是波平似镜，但是雨水千滴万滴地落下去，也显得模糊不堪了。 眼前景色，全为雨水所浸，似乎大地也成了一块烂糟糟的海绵。 窗前一英里①之遥，有一座蔚秀的小山，可是山顶现在已为雾气所罩，兴风作浪的鬼怪似乎就在那边藏身，正在鼓动更大的风雨，来给人类捣乱呢。

在下雨之时，大自然对人类毫不容情，似乎不让我们有容身之地。 三伏炎暑，骄阳肆虐，大自然似乎还存了一点恻隐之心，森林中总有些角落，为阳光所不能达，大自然总是准备了荫凉的地方，供行路的人歇足。 可是狂风暴雨的时候大自然却不给人半点隐蔽。 酷热的下午，在树林深处，绿叶丛中，或堤畔河岸，树荫底下我们会顿忘炎威，周身舒泰，现在回想，似乎骨头里都会凉起来。 可是在雨

① 英里，英制长度计量单位，1 英里≈1.6 千米。

天，凡是有枝有叶的地方，都可能把我们浇得一头一脸水。抬头问苍天——其实天上昏昏沉沉都是乌云，苍天不知何处去了？——我们不免对整个宇宙制度口吐怨言。雨刷刷地一下，夏天很快地就过完了。在这种梅雨的天气——假如天上也下雨的话——谁要是住在夏娃小姐在天堂上的香闺里，恐怕不止是气闷，简直还会生病，反不如我住

在那座牧师故居里，还有各种遣闷排愁的方法，在里面关上一个星期也无所谓。玫瑰铺床，固然是乐园仙境，但是睡在湿玫瑰上，顶上又没有遮盖，味道也怪不好受的。

谁要是能够在雨天躲到阁楼上去消磨光阴，真是福气；尤其像我们古屋的那座阁楼，历代遗留下来的杂物很多，还藏了不少革命以前的旧东西。阁楼很大，顶作拱形，小窗子堆满了灰尘，即使在顶好的天气，阁楼内部也是暗沉沉的。阁楼的四处角落里，更幽暗如山洞，里面藏些什么秘密，我向不知道，更不敢去惊动层层密密的尘埃和蛛网。屋顶上的梁和椽都是很粗糙的木头，上面的树皮都没有刨去；烟囱在阁楼中穿过，这一部分泥水匠的工作做得也很粗；因此这座阁楼看来像是原始人所居；其实整座房子都是古雅精致，只有这里才显得

特别。阁楼一部分是一间小卧室，墙是刷白的，历代相传，取名“慕圣斋”，因为那些牧师们年轻时候就睡在那里，读书祷告都在里面。那里形势既高，地位又僻静，窗子只有一扇，火炉很小，壁橱恰巧可供祈祷之用，年轻人住在里面不由得道心日长，天天做圣人的梦。这间小房，历代住过不少人，墙上也留下他们的手迹，写的是大事小记或者是一时的感慨。墙上还挂了一卷皱缩破旧的帆布，打开一看，原来是一幅牧师的画像，画的笔力很是雄健，画中人头戴假发身穿道袍，颈垂飘带，手执圣经；我拿到向阳处一看，发觉那位牧师威仪凛然的眼睛正在向我看着，这种岸然的道貌，这种峻厉的眼神，求诸今日的牧师，已经是不可多得的了。画中人是一百年前本区的牧师①，乃是威特菲的朋友，论到两人的口才，都是有声有色、如火如荼，常在伯仲之间。我见到这位教会前辈的遗像，不由得肃然起敬，鞠躬行礼；我本来觉得这座古屋有鬼魂缠绕，今天瞻仰遗像，似乎老牧师的英灵就在不远，我已经同他当面相见了。

新英格兰凡是上了年代的老宅，似乎总是鬼影幢幢，不清不白，事情虽怪，但家家如此，也不值得一提了。我们家的那个鬼，常常在客厅的某一个角落，喟然长叹；有时候也翻弄纸张，簌簌作响，好像正在楼上长廊里研读一篇讲道文——奇怪的是月光穿东窗而入，夜明如昼，而其人的身形总不得见。阁楼里有只大箱子，里面满是文稿，也许是他希望我替他编订一本文集出版吧？有一次，希拉德②和另外几个朋友同我们谈天：夜色朦胧之中，我们忽然听见一声綷縩，好像是牧师的丝袍在我们之间拖过，贴得非常近，快要碰到我们的座椅

① 画中人是 Daniel Bliss 牧师，是爱默生的外曾祖父。威特菲是英国加尔文教派的牧师，曾两度去美布道。

② 希拉德(George Stillman Hillard)律师、作家。

了。可是我们还是什么也看不见。更奇怪的是有一个“鬼婢”，深更半夜常常可以听见她在厨房里忙碌——磨咖啡、煮东西、烫衣服，总之，各式家务杂事，无所不为，忙了半夜，第二天早晨却是什么痕迹都没有留下。也许这位可怜的丫头，生前做错了什么事——恐怕是牧师道袍上的飘带没有浆好吧？——死后还是耿耿于怀，虽然现在没有人付她工资了，她还兀自忙个不停。

可是闲话少说，书归正传。我的前任住户有一部分藏书是安置在阁楼上的，这些书大多枯燥无聊，拍卖起来可能一文不值，现在束诸高阁，倒是得其所哉，不管书的本身文章好坏，一经阁楼珍藏，便成了传家之宝，趣味大不相同。其中很多种都是清教徒时代遗留下来的，带着好几代牧师的手泽。有几本的扉页上有名人签名，虽然墨水都已褪了颜色。书页边上有眉批，有时还插了一两页纸进去，密密的都是批语，可惜字迹潦草，我是一个字都读不出来，里面一定玄机奥妙，大有道理吧，可惜后人不认得，道理再好，也救不了世界了。有几本是拉丁文对开本的大书，写作的人都是天主教徒；还有几本是用平常的英文写的反天主教的书，那些作者运笔如椽，想一下子就把天主教给打垮。有一套是研究《旧约·约伯记》的巨著，厚厚实实四开本，一共至少有二十本，每一章就占两三本之多，其内容之丰富，恐怕只有约伯再生，才有耐心读得下去。对开本的神学巨著有不少——它们的体积如此庞大，如何能配得上宗教的飘逸的精神，这一点是令人不无置疑的。这种大书有好几种，至少都是二百年前出版的，大致都是黑皮装潢，形状可怕；假如是巫术书，倒也许可以“表里如一”了，叫人看来舒服一点。还有些书，年代也很悠久了，体积较小，可以装在古人马甲的大口袋中，小虽小，但其黝黑的模样，和它们硕大的老大哥们初无二致，书里面印有不少拉丁文希腊文的名句。据我们

看来，这些书当初也是预备大本子印行，后来不知怎么很不幸地发育不全，成了小本子了。

雨不断地打着屋顶，阁楼尘封的窗外，天光昏昏地照着，我正用力在旧书里发掘：别看它们已成了废物，里面可能有些生动的言论，警辟的思想，虽然埋没在纸堆里，也可能像煤火一样，熊熊地烧着，或者像宝石一样，发着不可毁灭的光芒。可是这样的宝贝，我可没有找着，阁楼上的书每一本都是“死书”；人类的手工，固然容易毁灭，想不到人类理智的产物，也这样经不起时代的考验，想到这一层，我不禁感慨系之了。想不到思想也会发霉的；上一代营养最丰富的精神食粮，到了下一代，竟就变成了树皮草根。可是宗教书也许只是一种例外，它们所讨论的题目虽大，所说的却都是题外之话，这种书因此写与不写都是无所谓的；人类理智活动自有其生气，自有其可传不灭之处，可是拿宗教书来代表人类的理智活动而加以考验，这是不公平的。一个不学无术的人，一样可以得到上帝的圣眷，因此我们假如认为神学图书馆所收藏的大都是大部头的无聊东西，这种想法恐怕不好算是渎犯神圣吧。

我阁楼上的书很多是前任住户牧师先生晚年所购置。谁要是像我一样，在书堆里去翻寻一次，一定会觉得，这些所谓新书，比三百年前的老书更为乏味。老书都是些庞然大物，新书则是些：《自由布道家》和《基督教研究》两种杂志①零碎的讲道文、论战小册子、单篇的论文等，都是轻薄而经不起保藏的。就装潢卷帙而论，新旧书间之差别，几如羽毛与铅块之轻重悬殊；可是它们的内容艰深严重，新旧之间几乎毫无差别。两种文章都是古板的；相形之下，老旧的笔调倒还见得诚恳；过去有一时期，一定还有读者以为它们的文章很够热情，虽然时过境迁，那时的热情现在读来都像冰一般的冷了。那些近人的作品几乎是千篇一律的生硬古板，那是受题材的限制，不得不然，和作者个人的心胸气质无关。总而言之，这一堆灰扑扑的神学书籍，我是一点不拿它们当神圣看待的，我这种态度，我自信无妨我基督徒的为人。那些对开本老书即使堆积起来像哥特式建筑的楼梯那么高吧，可是这座楼梯并不是通到天堂之路；近人小册子即使轻薄能够飞起来，可是它也并不能带你飞到天堂上去。

这堆旧书里面，只有那些专供一日或一年之用，当初绝没有人想到有什么保存的价值的，现在读起来，反而津津有味，这不能不说是一件咄咄怪事了。书堆里的几份旧报纸，还有更老的旧历本，我读了之后，对于它们出版的那时代，不知怎么的得到一种很生动的印象。我在故纸堆里好像找到了几片魔镜的碎片，时代虽然过去，但是过去的事迹仍旧像图书似的保留在那几片碎片里面。我抬起头来，望望我上文所讲过的那幅破旧的画像，我想问问这位道貌岸然的神学大师：为什么他和他的一帮专家学者，辛辛苦苦博览群书返观内心后写的名论巨著，反而不如信笔所至的报馆记者和毫无学术修养的历本编辑凭一时兴会写下来的东西那样有真实性？那张画像不肯开口，我只有为自己设想一个答案了。报纸和历本是专为一日或一年之用，在它们出

① 《自由布道家》(*The Liberal Preacher*)和《基督教研究》(*The Christian Examiner*)两种杂志名。

版的时候，它们有确定的意义和目的，后人看了，因此多少也可知道一些那时候的情形；它们的作者名不见经传，可是实际上编写报纸和历本者，不是某些个人，而是时代本身。另外那些书的作者呢？他们在写书的时候就脱离了时代，他们的书在刚出版的时候就没有什么意义，隔了多少时候，就只好与尘埃为伍了。天才者，是贯通古今的人，他的作品既有永久的价值，又像报纸作家一样，能够满足一时的爱好。天才的作品者，供一百年（或者也许是一百个世纪）阅读的报纸也。

我对于这些旧书所说的话，似乎颇为不敬，可是我对于一切书籍，都有一种几乎是迷信的敬意。据说虔敬的回教徒是敬惜字纸的，他们只怕字纸上面写着有神圣的诗句，所以无论片纸只字，他们都敬若神明；我看见了装订成册的书，也总是肃然起敬：书不论新旧，都可以藏有天方夜谭里“芝麻开门”那样的咒语，它替你打开了意想不到的真理洞穴，把秘藏的珍宝展示在你的眼前。因此我离开古屋这堆藏书的时候，心头还是有点依依不舍。

又是一天风雨之后，忽然西方天边阳光乍现，那时真叫人感谢老天爷。天空还是沉沉的乌云，可是明暗对照之下，只是使金色的夕照，化出更为绮丽的晚霞。天空的眼睑还是沉重的，可是已经向大地展露了笑容——久违了的笑容。明天又可以去山顶林径一游了。

很可能的，张宁①会从林荫道那边迎面走来，我们就可结伴同到河上去划船钓鱼。我们一去就是一整天，那时的光阴过得真快活，而且别有风味，我们把一切繁文缛节世俗客套都丢开，自由自在，放浪形骸，就同印地安人和其他不受文明拘束的野人一样。小船逆流而

① 张宁(William Ellery Channing)一诗受印度哲学思想影响颇深，故下文说“溪旁草木，应带东方情调”。

上，两岸都是广阔的草原，一直划上去，弯进了亚莎白溪。在亚莎白溪流入康谷河之处，一英里之内，风景之美，全世界恐怕找不到第二处；除非在诗人心灵之中，洗涤他的思想的也有这么一条河流。溪岸两旁都是大树，山岭一座，恰巧做了屏风，别的地方也许是狂风大作，可是这里一点风都吹不进，小溪在树荫底下流过，几乎是涟漪不起。溪流缓缓，舟子似乎不需用力，只需心念一动，小船就会逆流而上。小溪流经之处，正是密林，幽静异常，树梢微微作响，似乎正在吩咐小溪安静毋躁，小溪两岸的菖蒲也低声作答，似乎森林和小溪正在互相哼那催眠之曲。不错，一路之上，溪流是在入睡，它还在做梦，它梦见了天空，梦见了密集的树叶，阳光从枝叶缝中，像雨点似的落下来，点点滴滴，金光闪烁，气象活泼，和溪上的一派深沉幽静，正好作一对比。瞌睡似的溪流，它的心胸之中正梦也似的反映着周围的景色。溪中的图画和溪岸的风景——到底孰真孰幻呢？风景是我们粗陋的感觉器官能够接触得到的，可是溪里的影子是脱离尘世出神入化的了。那些空灵的倒影，无疑同我们的灵魂更为接近。可是不论真景也罢，幻景也罢，在这里都有一种飘然出世之美，假如我再想得离奇一点，我可以想象这条溪流本来是生在我的诗人朋友内心的丘壑之中的，后来不知怎么迷失路途，流到这里来了，假如真是这样，溪岸两旁的草木应该更带一点东方情调才对。

溪流十分安静，与世无争，可是两岸同样安静的树林，却似乎不让它静静地流过，树根生在水边，下垂的树枝就浸入水里。有一处地方，崖岸很高，斜坡之上，长了几株铁杉，树枝外伸，斜倚水面，似乎作势欲跳，准备纵身入水。有些地方，河岸几和水面相齐，河岸的树，密密地聚在一起，脚都伸到水里去了，树叶也都接触到水面。半边莲点燃起螺旋形的火焰，照亮了灌木丛中幽暗的角落。溪边荷花盛

开，据梭罗告诉我，荷花须经清晨的阳光照射后方始开放，阳光轻轻地吻着它，娇嫩的荷花也像少女似的成熟了。他曾经看见这样一个奇景：天色刚刚发亮，清晨的太阳渐渐地东升，阳光所及之处，荷花一朵一朵地依次开放，好几处的荷花，我不皆然——可是假如不是诗人内心的法眼和身体的肉眼取得一致的焦点，这种奇景平常休想能看得到。荷花之外，岸上高矮树木之上，到处绕满了葡萄藤，葡萄累累下垂，就挂在水面之上，船上的人伸手可得。藤蔓纠缠，有时把两棵不同种族的树绕在一起，难解难分，有一株铁杉和一株枫树就这样结合起来了，树上长满了的葡萄，可又不是它们的子裔。还有一棵葡萄藤，虽依人作嫁，倒真有凌云之志，它爬上了一棵高高的白皮松，爬到了树顶枝梢还不算，还要一根一根树枝地跨过去，以致松树凌虚缥缈的树顶，挂满了一串串葡萄，绕满了阔大的葡萄叶，好像戴了一顶皇冠。

溪流曲折，常常一个转弯，后面的景致就不再看到，可是前面又是一幅安静美丽新的图画了。我们从一处深流滑到另一处深流，每转一个弯，就呼吸到新的安静的气息。羞涩的翠鸟，从附近的一根枯枝飞到远处的另一根枯枝，尖声发叫，不知是对我们这两个不速之客表示愤怒呢，还是惊惶。从昨夜起就在水上随意游行的鸭群，看见我们的船到，也受了惊吓，在波平如镜的水面上一掠而过，暗绿的水面上，顿时划出一条明亮的白线。田田的荷叶丛中，忽然有梭子鱼跃出水面。在顽石上、树根上晒太阳的乌龟，刺的一声水花，滑到水里去了。这里的风景是荒野中带着静趣，想当年勾着花脸的印地安人，在亚莎白溪上驾着独木小舟，所能见到的溪畔风景或者是溪中反照的水光天色，也不过如此，三百年来竟没有什么改变。印地安人所煮的午饭，也不能比我们再简单的了。我们把小船摇到一个地方，顶上枝叶覆盖，正像一所天然的凉亭，地上松果败叶，触目皆是，我们捡了起来，就生了一个火。一下子柴烟上冲树梢，烟味清香提神，别有风味，和厨房里煮菜那种使人气胀胃饱的浓浊气味，迥然不同。我们野宴的菜香和林中的木香草花香果香本来颇有相同之处，现在更是混而为一。我们在这里举炊，绝无半点触犯神圣之处，这块地方虽安静，对我们却表示欢迎，我们藏身绿叶丛中，尽管可以煮菜大吃，这一个幽静的角落，就成了我们的厨房兼大菜间了。在风景美丽的地方，我们居然能够做举炊进餐的俗事，而无损于当地的诗情画意，这不可以不说是件怪事。树丛之中，野火熊熊，我们坐在一旁，忙于调和鼎鼎的大礼，正把午餐陈列在一段长满绿苔的木材上面，我们的烹饪饮食和身旁的流水，头顶飒飒作响的树叶正好配合。奇怪的是：我们欢笑作乐竟并不扰乱森林间肃穆的气氛。古老荒野里的精灵小鬼，沼泽地里荧荧发光的青磷鬼火说不定都会结队前来，同我们一起聊天，他们的尖锐的怪笑，同我们的笑声也可能会打成一片。在这样一处地方，你所说的话可能是极端地荒唐，也可能含有最深刻的哲理，也可能是内心最微妙的流露，荒唐与哲理兼而有之，听的人究竟觉得它是此是彼，就看他自己的信仰和睿智而定了。

因此在阳光和阴影之间，窸窣的树叶声和潺潺的流水声中，我们的话就像泉水似的，汩汩而出。张宁的话就像水花迸溅，不可方物，他的思想也像泉水底下灿烂发光的金块，把我们两人的脸照得澄亮。假如他把那些粗金提炼出来，盖上了造币厂的官印，成为货币流通，全世界的人都可得益匪浅，张宁也就可以出名。他的学识丰富，我听了之后也觉得智识长进不少。可是那些放浪形骸的日子，最使我们两人得益的，乃是我们因此从一切习惯传统中得到解放，我们并不稀罕什么具体的思想，我们也不希望在随便地讨论之中，发现什么确定的真理。人和人之间，本来有一套拘束性的关系，我们都把它一脚踢开。我们今日自由自在，明日就不可能为奴为隶。当我们跨进家宅的门槛，或者在都市中摩肩接踵的街道上走着，我们还可以听见亚莎白小溪顶上树叶的响声，它们在说道："人贵自由！人贵自由！"树荫覆盖的河岸之上，有几处地方，我们炊火的余灰犹存，还有几段烧了半焦的树枝，这几次的野宴在我的回忆之中是有它们神圣地位的，其神圣仅次于自己家庭里温暖的炉火而已。

黄昏日落，满溪金光，我们泛舟而下，转返家门，那时的情调又是多么的可爱！我们回到人间中来，可是我们并不回到牢狱中去，重新带上我们的枷锁；我们回到这座庄严的巨宅，我们仍旧是自由人，随时都可以恢复我们更庄严的简朴的生活。古屋在这时候从河上看来是特别的亲切：绿杨低垂，四围都是绿叶浓荫，果园和林荫道恰巧把它围在中心；它的灰色的朴素的外表，对于现代人的枉费心机徒事奢华，正是一个有力的反击。我们所反对的是虚伪的生活，这座房子既然是朴素的象征，对于我们自当有它的神圣的意义。可是且不说什么象征，好多年来它究竟是人家的住宅，现在是我的家——想到这一点，我觉得人生一切的虚伪和传统因袭，也无需反对，它们不过是人生外面一层薄薄的不可捉摸的外衣，它们对于人生的本质，并无妨害。有一次，我们的小船正要靠岸的时候，一大块云彩，形状像一头庞然巨獒，正伏在我们屋子上面，好像替我们看家一般。我看见这一块别具意义的云彩，心中就暗暗默祷，希望上帝降恩，永远替我们保持像家庭这一类的从人心里产生出来的优良的制度。

假如读者诸君有人决心要返真归璞，脱离文明生活，离开城市家宅，丢弃人间精神上物质上一切魑魅魍魉矫揉造作，他如有这种决心，顶好的时间我看乃是初秋，那时候大自然对于人类是特别的亲爱，人在大自然的怀抱之中，简直觉得有一种温柔的母爱。秋天一到，我在屋子里就待不住。可是夏天未过，你就会觉得有秋意了——有几年特别早，七月初好像到了秋天。秋意的感觉很平淡，不可捉摸，可是又很实在，这是一种特别的感觉——你只说它是一种预感，觉得这一年的繁华已经过去；心里虽然舒畅，可是又带着一点悲哀。

我说这是一种特别的感觉吗？啊，我看未必特别。我们随时都会有这种似实似虚的悲哀之感：人生到了中年，精神体力都已经发育完成，那时候你会觉得岁月迁移，要开的花都已开足了，不饶人的岁月下一步的工作就是把你的花一朵一朵地偷走。

蟋蟀的鸣声是不是秋天到临的先声呢？我可想不起来了。因为蟋蟀的鸣声只可说是一种沉默——一种耳朵听得出的沉默。蟋蟀的鸣声并非不响亮，远处也可以听得见，可是它同秋光秋风齐来，混而为一，我们也不再当它是单独的声音看待，听见了也犹如不闻其声。唉！夏天的繁华过得真快！八月里，山上谷下，草色还是一片青葱；树上的叶还是很密绿；河岸上、石墙侧、森林深处好花盛开，更胜往日；天还是同一个月以前一样的热，可是在每一丝风声、每一线阳光之中，我们可以听见低声地道着“再会”，我们可以看见老朋友分别的时候脸上惨然的微笑。天气虽热，热里面已经透着凉意，中午明亮的阳光，已经不这么炎威逼人了。只要吹起一点微风，风里面就带着秋意，我们就不自主地起了一阵战栗。远处树荫中间，金光依旧照着大地，可是灿烂之中含着一点愁思。花开到八月正是最华丽的时候，可是即使是最艳最丽的花，浓妆艳抹之下，也掩盖不了一种淡淡的轻愁；每一朵都象征着夏尽秋来这个微妙的季候。半边莲可说是光华夺目了，但是我从来不觉得它是代表欢乐的。

入秋渐深，而大自然的温柔亦与日俱增，大自然爱我们真如子女一般，我们实在不能不孝顺我们这位母亲。别的季节，我对于大自然没有这种印象，要是有也不过是很偶然的而已；可是在清朗温和的秋日，收获登场，大自然需要做的工作都已做毕，她那时就尽量地把爱灌注在我们身上。她现在有了余暇，可以来抚爱她的子女了。那时候我们假如生命力丰富，可以领略她的慈爱，那才是福气。我们感谢上苍向我们嘘气——只要轻轻地嘘就够了——因为上苍所嘘的气就是最熨帖的和风。它吹在我们脸上就像是接吻，它假如能够停留下来，它一定舍不得走开，要把我们好好地拥抱一下才休；可是它不得不走，它因此十分慈爱地把我们拥抱了一下之后，就往前走去，看见前面有什么东西，又走上前去拥抱了。和风吹拂所经之处，天地间布满了天赐慈恩，谁要捡，都可以随手捡拾起来的。那绿草尚未枯黄，我躺在草地之上，喃喃地自言自语道："大好的秋光！多么美丽的世界！多么仁慈的上帝！"这种感觉也就是"永生"的预感；因为假如上帝的意思不是要我们进天堂享受不朽的生活，他为什么要在人间布

置起这样美好的日子，同时还赐给我们可以领略良辰美景的心情呢？金色的阳光就是"永生"的保证：阳光从天门中间照射下来，前面闪闪烁烁的就是使我们心向往之的天堂。

可是不久之后，天地间就显出一种肃杀之气。十月的早晨，有时候草地上、篱笆顶上就有浓浓的霜。黎明日出，我们林荫道上的树叶就纷纷落下，一丝风都没有，只是被地心吸力吸下来了。回想夏日，树叶总是沙沙地响，宛如流水一般；雷雨之时，树枝和狂风肉搏，树叶也呼呼作响；树叶的音乐，有时是庄重，有时是愉快；枝柯交叉，形成了一个拱形的屋顶，我在林荫道上踯躅，树叶所发出的轻轻的声音，正好调整我的思想，同它们配合一致。可是现在顶上已经没有声音，只有脚底下的枯叶还发出一些细碎的声息而已。夏天，我的心很野，只想到四处去闲荡，可是从今以后，灰暗的牧师住宅在我的生活中，就变得重要得多，我也收其放心，把我的时间就渐渐地都花在壁炉边上了——至于那只讨厌的不通风的铁炉子，那是要到入冬以后才用得着呢。

夏天既逝，埋在土里，古屋也变得像隐士的草庐一样的枯寂了。这座房子——至少在我住在这里的时候——是从来没有宾客云集的；可是假如并不偶然的，有客从喧嚣的光怪陆离的尘世中翩然降临，我们总表示欢迎，他能来分享我们屋子中似明似暗的气氛，我们是很高兴的。从某一点上说来，我们的房子很像是一处迷人的魔境①，慕道的人要上天堂去，先得要经过我们这个地方。我们的客人一踏入我们的大门，个个都觉得周身有一种催眠的法力包围着他们：有时候他们坐在椅子上就呼呼入睡，有时候他们专程躺到沙发上去，好好地打一

① "魔境"一典出自《天路历程》。

个瞌睡；有时候我们可以看见他们全身舒展地横在果园的树荫底下，睡眼蒙眬地望着树枝上面的天空。他们这样昏昏沉沉，随意瞌睡，实在是对我的蜗居最大的敬意；而且也是看得起我主人待客之道的最好的表示。我认为这足以证明：他们走进我们林荫道口的石门柱子，他们就已经把一切忧患丢诸脑后。古屋内外实在是安静到了极点，因此发挥了强烈的催眠作用。到别家人家去，我们可能得到的是生趣、是

娱乐、是教诲之益——这种东西，其实到处都是；可是我所能给他们的是休息——偷得浮生半日闲的休息。对于这些疲乏伤损的灵魂，我还能替他们帮什么更大的忙呢？若某君①也者，他一生为事业不断地奔波，可是受了自己高超的能力、丰富的才艺所害，事业反而不得进展。另外有一个朋友②，从青年时期开始，就把全副热肠都放到政治斗争中去，现在他也许开始在怀疑了；他也许觉得：真正要实现任何高尚的主义，恐怕活一辈子还不够。另外有一位女士③，在她女性纤弱的性格上面，偏偏负担了一副极为发达的理智，这样的理智，即使是身强力壮的男子恐怕都负担不起，何况她还要拿来用之于救世的大业呢？这些例子不必列举，总之，任何人进入我们的魔法圈的，我们除了发挥本地的安静的魔力之外，还有别的什么事情可以使他们更为得益呢？魔力的作用充分发挥之后，我们就可以把他们搁在一旁；他们脑筋里也有些迷迷糊糊的回忆，好像他们并没有向我们有过什么接触，只是在梦中看见我们而已。

人有一种偏见，大多喜欢把它放在心头，想个不休，别种观点统统抹煞，假如我也如此，那么我就认为近代人类最感缺乏的乃是睡眠。我们这个世界假如一旦能找到一个合适枕头，就应该把它的大脑袋放上去，好好地睡它个几千百年。我们这个世界忙碌得过分，几乎已经发疯入魔，我们算是很神奇地醒着，可是我们眼前的幻象不少，我们因此也不胜其苦，这些幻象现在看来当然都是真实的，可是我们痛痛快快地有了一次休息之后，幻象的真面目真骨子就可以显露出

① 某君可能指布立治(Horatio Bridge)，布氏为海军军官。下文所述“非洲航海日记”即为布氏所著，经霍桑所编订者。

② “朋友”可能指皮尔士(Franklin Pierce，1804—1850)。

③ “女士”可能指弗勒(Margaret Fuller，1810—1850)。

来了。如要驱除旧幻觉，避免新幻觉，我想休息真是不二法门；我们人类应该像婴孩似的，甜甜地睡一觉，醒回来后才谈得上更生复兴。现在我们的脑筋，已经因运用过度，而致疲倦；我们的心灵不是死气沉沉，就是热狂过度，这是今日世界之大害。我们对于是非，已经失了单纯的认识，我们不再有单纯地求取真理的信念，这一切非要经过好好地休息一次之后，不能恢复。我们以前所试用的治疗方法，只是多用刺激剂；但是刺激剂治不了我们这个病，病人反而更多狂吃了。

我上面这一段话，恐怕持论偏激，希望读者不要向我追问盘驳。我自己写的时候也知道，这一段话里面虽然不无道理，可是我对于人类现况的检讨和对于人类前途的展望，实在是颇有偏见，这种偏见笔之于文，就成了上面的一段文章。我的环境特别，因此我很难对于世界有正确的看法，古屋的气象虽然肃穆，周围偏多怪人；我只要跨出门槛没有几步路，就可以遇见一些非常奇怪的人物，你到外面去走一千英里路，恐怕也很难遇到这一类的人物。

这原因是我们村子另一头，住了一位别创一格的大思想家。他的影响无远弗届，我刚才所说那些怪人，就是被他的声望所吸引而来的。他对于具有某些思想形态的人，有种神奇的魔力，那些人就不辞千里迢迢地走来想同他当面晤谈。那些人中间有的是年轻的梦想家，他们天生有灵敏的直觉，可是灵敏得还不够，因此生活愈来愈迷糊，他们前来就是想请教这位大师，指示南针，以求脱离作茧自缚的迷宫。也有白发苍苍的理论家，他们的思想系统，起初只是轻飘飘的如空气一般的不着边际，后来却像铁制枷锁，把他们自己束缚在里面了。他们长途跋涉地走来请教这位大师，并不是要求解脱束缚而是要得到一点自由的空气，使得他们的奴役生活好过一点。有人发明了一种新的见解，或是自以为是新的见解，他们来找爱默生，请他来鉴定他们思想的性质与价位，就像发现了一块灿烂宝石的人，要去找玉匠来鉴定一般。彷徨苦闷，可是满腹热诚的流浪人，看见道德世界是一片黑暗，可是爱默生的智慧像是山顶上光芒万丈的灯塔，引吸了他们。他们辛苦地往山上爬，周围虽然仍旧漆黑得如深夜一般，爱默生的光芒却显露了他们以前所没有看见的种种事物：绵延的山脉和闪闪发光的湖泊——在混沌之中可以看得见一个有秩序的宇宙。虽然他们所看见的只是浮光掠影，他们的希望也已经大为增加。可是，不可避免地，黑暗之中的光线也招来蝙蝠、鸱枭和各种昼伏夜出的禽鸟，人的眼睛正睁大了才看前面的光明，那些夜鸟却在人的眼睛面前鼓动它们的黑暗的翅膀，有时候他们还被误认为是天使样的仙禽呢。大凡真理的火炉点燃之后，这一类的错觉总是会在人前出现的。

就说我自己吧，我过去有几个时期，也很可能会去向这位先知先觉的哲人请教几句哲理，替我解释宇宙的奥秘。可是现在我心中坦然，我觉得我没有什么话好请教的了。爱默生的诗，字句美丽，意义深刻，温柔中带着严肃，这是我所钦佩的，可是我对他的哲学，却并无所求。有时候在林间小径或在我屋前的林荫道上，我会见到他，那时候我觉得很快乐，他周身似乎发出一种智慧的光辉，看上去好像是穿上天使的圣袍。爱默生为人静默而率直，一无矫揉造作，他同任何人见面，都好像是要向人请教，而自己并没有什么可以教人似的。事实上，很多普通人的心理，他恐怕并不能了解。可是既然和他为邻，他的高超的思想，就像山上的清气似的，我多少也会吸些进去——这种清气在有些人的脑筋里却可以引起一种奇怪的晕眩之疾，新的真理和新酒一样，“冲劲”都很大。我们小小的穷村里面，充满了奇装异服行动诡秘的怪人，我想别处村子，从来没有受到这样的骚扰的，他们多数自以为是可以决定世界命运的大人物，实际上只是非常令人讨厌的妄人而已。凡是自成一家言的思想家，其四周所包围的人物，据我看来，都是这一类的厌物；思想家尚未发表的思想，他们自以为都吸收进去了，于是他们自我陶醉，觉得自己的思想也是不同凡响。他们这种人故意标新立异，可是事实上毫无出奇之处，任何头脑清楚之人，对他们都会起反感，因此我们对于一切流行不满一百年的思想学说，不免都要出诸咒诅了。与其让这种故作新奇的哲学家来改造世界，世界还不如停顿不进的好——不论现在的道德生活和物质生活是

多么的糟，我们不免要希望世界还是照这个样子僵化吧。

现在我想——其实也许我早该觉得——我关于古屋的话，已经说得差不多了。我敬爱的读者们也许要责备我这个可怜的作者，我实在妄自尊大，把一座苔痕斑斑的乡村牧师故宅，竟唠唠叨叨地讲了这许多话——把我在屋内、河上、林中的生活，以及那些地方所给予我的影响，都详详细细地写了下来。可是话虽说了这么多，我私生活里不足为外人道的神圣的事物，我却并未吐露半点。假如我现在已经受到良心的责备，这点并不在责备之列，我住在这里的时候，各种模模糊糊的情感、思想以及联想真是起伏如潮，波涛壮阔，相形之下，我笔尖底下所流出的思想是多么的狭仄、浅薄、贫乏呢！在这一点点自白之中，有几句话是感染到我独特生活的真正的色彩的呢，读者读了本文，他有没有和我携手同行，在我内心的秘道之中，随意漫游呢？他有没有和我在一起在我内心的密室中一一搜查，参观里面的宝藏或者检查里面的垃圾呢？答案是：没有。我们只是站在绿色草地之上，刚刚在岩洞的洞口；普照一切的阳光可以随意射入，任何人的脚步，都可任意走近。我所陈诉于读者之前的，读者只要用人人所共有的感性或情感就可以了解。至于我自己真正有什么特别的性情，我早在自己脸上挂了一层幕，别人是不容易窥知的。我不喜欢把自己的心，经过精美的烹调，加入“脑汁”作为调味品之后，装在盘子里，供社会人士作为点心小吃之用——我从来不是这样“好客”的人。

回顾我本文中所写的，里面似乎仅是一个夏季的拉拉杂杂的回忆。人在仙境之中，是不知道岁月的；我所住的地方，远离人海的波涛，三年匆匆忙忙地已经过去，可是消逝得一些声息都没有，只是好像在幽谷深处，轻淡的阳光赶走了云的影子一般。不久消息传来——先是暗示，可是后来愈说愈明白了——古屋的业主正在想念故乡的风光，他是预备搬回来了。接着来的是一批木匠，在我们外面的一排屋子之间，钉钉铛铛地大兴土木，绿草之上，狼藉满目的松木刨花和枣木木承上削下来的木片；这些新的装饰和整所房屋古朴的作风大不调和，看来很不顺眼，房屋南壁，本来一大部分已经给爬山虎盖满了，现在也全给拔掉。年代悠久的藓苔也竟不容情地给擦掉了，据传闻，外面墙上还要涂上一层油漆，这真是大煞风景，不啻在老祖母脸上涂胭脂，怎不叫人毛骨悚然呢？足见天下改造古迹的人，总比毁灭古迹的人，更要伤天害理。最后，我们捡起自己的东西，在我们幽雅的小小晨餐室内喝一杯惜别的茶——茶味清香芳冽，出了钱也买不到的享受，像是天赐的甘露——我们就走出了大门口对峙的石柱子，前途茫茫，好像阿拉伯人似的，不知道下一站的篷帐扎在哪里。上帝搀了我的手，把我从古屋中送出，又把我送进海关里去（我正在写这篇文章的时候，报上已经有消息发表了）①，天意如此安排，我想我假如一笑置之，上帝也不好怪我不恭敬吧。我是个写小说的人，我总替我想象中的人物，编排各种命运的变迁，但是我自己的遭遇，竟比他们的都还要奇怪。

我搬进幽静的古屋之时，曾经想在这里发掘智慧的宝藏，可是所愿竟未实现。我没有写过高深的道德论或是有哲学意味的历史著作，甚至长篇小说也没有写——没有一本真正可以站得住的著作。就我的写作生活而论，我所能贡献于世者，只是这几篇故事和散文，它们像是在我心头的温和的夏天，所开出的几朵花朵，除了编订（这工作不难）我多年老友的日记，"非洲航海日记"之外，我没有做过别的什么工作。我现在把这些杂草残花，另外配上几篇旧作——褪了色的老古董，使我联想到夹在书里的花——扎成这样一个花束，奉献给爱读诸

① 霍桑于古屋居住四年，1864 年去撒冷（Salem）海关任职。

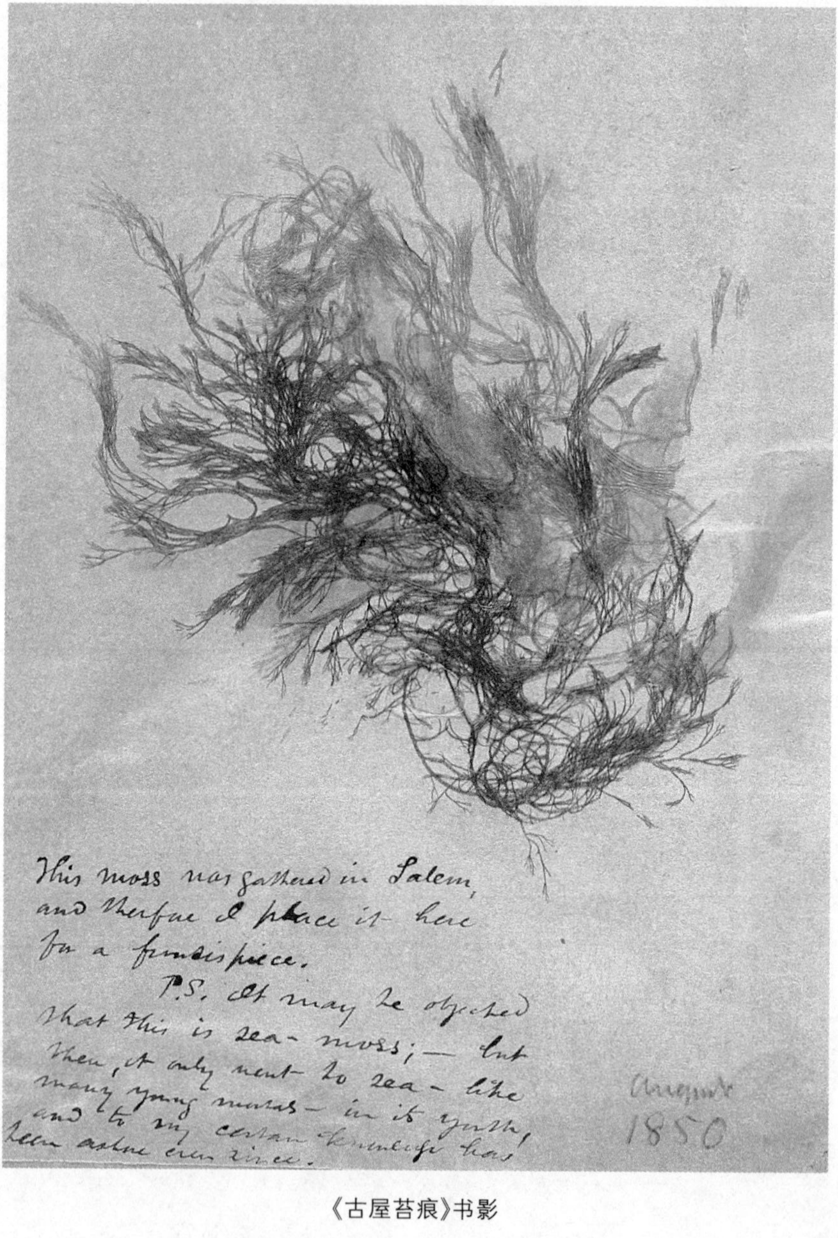
This moss was gathered in Salem,
and therefore I place it here
for a frontispiece.
P.S. It may be objected
that this is sea-moss; — but
then, it only went to sea — like
many young men — in its youth,
and to my certain knowledge has
been ashore ever since.
August
1850

《古屋苔痕》书影

君之前。这些断断续续的短文，题材很少有关社会活动，主旨也谈不上深刻——字句含蓄，虽然有时候看来似乎很直率——诚恳常常只做到一半，即使顶诚恳的时候，其实也不曾把我所想表达的满意地表达出来——这些杂文，我深深地觉得，不是什么名山之作。可是，我希望社会人士——我的读者人数不多，我只敢把他们引为朋友，这里姑且借用“社会人士”之名——曲予优容，因为这一类的杂文集子，我不预备再出版，这是最后一本了。这一类的东西我已经写够了，除非我的文章能更进一步，更多写也就没有什么意思。对作者本人而言，这本集子有一点可爱之处：它使我联想起幽静的河上风光，林荫道、花园、果园尤其是那座可爱的古屋——屋子西边的书斋，和我写作的时候，窗外柳枝间闪烁的阳光①。

假如承蒙读者不弃，请不妨想象自己是我的贵宾，古屋内外值得一看的东西都看过之后，请到我书斋里来小坐。读者在一只圈手椅子上坐定——椅子倒是件古董，是古屋里世代相传的宝物——我就拿出手卷手稿，请他读下面这些故事；虽然我明知道这样对待客人是太怠慢了，我从来没有待人这样不客气过，相信以后也不会的了，即使我的不共戴天的仇人来了，我也不会叫他受这个罪。

① 本文原系《古屋苔痕》(*Mosses from an Old Manse*)一书之序文。《古屋苔痕》为小说杂文集。

西敏大寺

欧　文

时方晚秋，气象肃穆，略带忧郁，早晨的阴影和黄昏的阴影，几乎连接在一起，不可分别。岁将云暮，终日昏暗，我就在这么一天，到西敏大寺去散步了几个钟头。古寺巍巍，森森然似有鬼气，和阴沉沉的季候正好调和；我跨进大门，觉得自己已经置身远古，相忘于古人的鬼影之中了。

我是从西敏学校的内庭走进去的，先走过一条弧顶的矮矮的长廊，墙壁很厚，墙上有圆孔，略有光线透入，廊中幽暗，似在地底行走。黑廊尽头，我远远地可以看见里面的拱廊，一个老年香火道人，身穿黑袍，正在阴影之中走过，看起来就像是附近古坟里爬起来的鬼魂。我从当年僧院遗址那条路进入古寺，景象分外凄凉，我心也更适宜于往凄凉方面冥想了。拱廊仍旧保留几分当年的幽静的出世之概。灰色的墙壁受霉气所蒸，已经显得斑斑驳驳，年代已久，颓坏之象，也很明显。墙上长了一层白苍苍的苔鲜，非但上面的碑文不可读，连髑髅像以及别种丧用标志都模糊不清了。弧顶上布满雕刻花纹，可是斧钻的痕迹，也已模糊；拱心石上面雕有玫瑰花，可是当年枝叶茂美之状，已经不可复见。每样东西上都可以看出年久衰败之象，可是即使在颓朽之中，看来仍旧不乏动心悦目之处。

一道带有秋意的黄色阳光，正从拱廊的方场上空倾泻下来，照耀着场中央一块稀疏的草圃，同时把拱廊的一角抹上一层阴郁的光辉。从拱廊之间，向上望去，可以瞥见一片蓝天，或一朵游云，还有那镀着阳光，伸向碧空的寺顶尖塔，也巍然在目。

我踯躅于拱廊之间，时而默想着这幅辉煌而颓败的景象，时而竭力去辨认那些刻在墓石上的碑文。我脚下的铺道都是墓石砌成，墓石上有三个浮雕像吸引我的注意，雕工很粗陋，经过好几代人的践踏，差不多已磨损殆尽。这是早先三位寺院住持的遗像，他们的墓志铭都已磨光，只剩下三个名字，这三个名字也无疑是后来重刻的（公元1082年住持维泰里斯，公元1114年住持吉斯勃脱·克利斯宾诺斯，公元1176年住持劳仑地奥斯）。我停留了一会儿，对着古人这些残缺不全的遗迹，不禁幽然沉思。它们就像几艘烂船，被时间的洪流冲到了遥远的此岸：它们并不告诉你什么故事，只表示这几个人曾经活过，现在已经不在。假如它们含有什么道德方面的教训，那只讽示那种希望死后还能受人尊敬，还能借着墓志铭长存下去的骄傲心理，是如何的空虚。再过些时候，连这些残存的记录都会消失，纪念碑也将不成其为一件纪念物了。我正俯视着这几块墓石，耳旁突然传来大寺的钟声，回荡墙壁之间，整个拱廊都响起了回声。墓地里传来的钟声，听来真叫人有悚然之感，它警告你又是一个钟头过去，时光的消逝，就像一个大浪，在不停地把我们卷向坟墓。我继续前进，来到一扇通往大寺内院的拱门之前。我跨步入内，里面的建筑在拱廊的衬托之下，益显其宏伟，给人深刻的印象。游客抬头一望，看见一根一根庞大的圆柱，圆柱上面架着高不可攀的拱梁不由心惊肉跳；这些建筑也是人

Cloister Garth

类手工所造，但是人在廊柱下面漫游，好像缩小得微不足道了。这座大寺空旷幽暗，使人生出一种深刻而神秘的敬畏之感。我们小心翼翼地放轻脚步，似乎生怕打扰了墓地的肃静。其时四周墙壁传出每一声足音，坟墓间也起了低微的回声，我们更体会到环境的寂静，而我们只是凭空来扰乱而已。

寺里庄严气氛仿佛压制了游客的心灵，大家都有肃然起敬之感。我们觉得在我们的四周，堆满着古代伟人的骨骸，他们的事迹虽然写满了史册，他们的声名也传遍了全球，可是至今只剩下一抔黄土而已。

现在这些伟人只是横七竖八地挤在泥土之中；他们在世之时，堂堂英国都不足供他们的驰骋，如今在遵照经济的原则下，他们只分得那么小的一块土地，那么贫瘠而黑暗的一个角落。他们曾企图使自己的声名占有世世代代人们的思想，获得人人的敬羡，如今他们的坟墓上，却千方百计地雕出种种装饰，只为了吸引游客偶然的一顾，免得在短短的几年之中，就把他们的名字忘怀。看了这些，想到人生的虚空，我又几乎忍不住要惨然一笑了。

我在“诗人祠”里面逗留了一些时候，“诗人祠”者，只是寺内一个十字形侧堂的一隅。这儿的纪念碑，大致都很朴素；因为文人的生平大多平凡，缺少可供雕刻的惊人题材。莎士比亚和爱迭逊[①]有全身的纪念雕像；其他诗人大多只有半身雕像或是一块肖像牌，有些只有碑文。这些纪念碑虽然朴素无饰，我发现游客总是在这儿停留的时间最长。伟人和英雄的墓碑，华丽是华丽了，但只能引起他们冷淡的好奇心，或是模糊的羡慕之情；诗人的墓碑却勾起了他们一种更为亲切的情爱。他们留恋左右，就像置身于朋友和知己的墓旁；因为在作者

① 爱迭逊 Joseph Addison(1672—1791)，英国诗人、散文家、政治家。

和读者之间，的确存在着一种友情。别种人物之闻名后世，完全要靠历史的媒介，而历史总是变得愈来愈模糊，愈来愈隔膜；作家和他的读者之间却永远保持着新鲜、活泼而直接的交谊。作家的生活与其说是为了自己，不如说是为了读者。他为了要和后世的人做更亲密的交谈，不惜牺牲他当时周遭的享受，自绝于社交生活的乐趣。但愿世人都珍重作家的声名，因为作家的声名并非用暴力和流血的手段攫取而得，它是以不断施予快乐的善行所换来的。但愿后世能永远纪念他的恩赐，因为他所遗留下来的，并非空洞的名字和虚夸的行为，而是智慧的宝库，思想的结晶和珠玑的文字。

我在“诗人祠”打了一转之后，继续走向寺内帝王的陵寝。这一部分以前都是礼拜堂，如今已被伟人的坟墓和纪念碑所占有，我每次转身，都可遇见一些显赫的名字；或是一些在历史上以权势著称的家族徽号。当目光扫入这些死人之室的时候，我瞥见许多奇形怪状的雕像；有的跪在壁龛里，好像正在祈祷；有的横卧坟上，虔诚地合着手掌；武士身穿铠甲，好像刚从战场归来；主教戴着法冠，手持圭杖；贵族身穿礼服，头戴小冠，冠冕堂皇地躺在那儿。此处的古像，看来异常拥挤，可是每一个形体又是那样静如止水，寂然无声，使我们觉得简直像是置身于神话中古城里的那间大厦，里面所有的人都已在骤然间化成了石头。

我走到一座坟前，立住脚步沉思起来。坟上卧着一个全副武装的骑士雕像；一臂挽盾，两手紧按上胸上祈祷，脸差不多全给兜掩盖住了；两腿交叉，表示此骑士曾经参加圣战。这是一位十字军人之墓，当年的热血武士之一，他们曾奇妙地把宗教和浪漫事迹混在一起；他们的功绩构成了事实与幻想、历史与神仙故事之间的联系。装饰这些冒险者的坟墓的虽然只是粗陋的纹章和哥特式的雕刻，它们本身却都生动如画。它们和古老的教堂格调最为相配，通常也唯有在古老的教堂里面才会发现这种武士的坟墓。它们很容易引起传奇性的联想：罗曼蒂克的故事和豪迈而华贵的武士作风；提起十字军东征，人们就不由得想起这些曾为诗人歌咏过的题材。它们所代表的是一些在我们记忆之外的人物，一些对我们完全陌生的风俗习惯。它们像是从遥远的奇乡异邦搬来的古董，我们对于那些地方并无确定的智识，只有模糊而空幻的想象。这些哥特式坟墓上的雕像，具有一种极其庄严肃穆的气概，它们的身躯舒展，仿佛是在长眠，或是正在作临终之前的祈祷。现代的纪念像上虽然多的是奇异的姿态，过分的雕琢，和象征性的陪衬，却远不如这些雕像能够深深地打动我的心弦。古墓上的碑文，很多精心之作，也曾使我感动。古人在立言方面确有高明之处，他们懂得如何把话说得很简短，同时说得很漂亮。有一家贵族的墓碑上这样写道："男儿皆勇女儿贞"，我不知道还有什么碑文能比这两句话，把家族的价值和荣誉意识，更为崇高地表达出来。

在"诗人祠"对面的十字形侧堂内，树立着一座纪念碑，它是最著名的现代艺术杰作之一；但在我看来，与其说它壮观，不如说它可怖。这是法国雕刻家罗比亚所设计南丁格尔夫人之墓。纪念碑的底脚刻的是两扇撞开的大理石门，门口窜出一个披着尸衣的骷髅。他正举起标枪，向受难者投掷，尸衣也正从他枯槁的身上滑卸下来。南丁格尔夫人倒在她那惊惶的丈夫的臂怀中，那丈夫使出无济于事的狂劲，竭力想挡住那致命的一击。整个作品充满了活力，而且逼真得可怕；我们几乎觉得魔鬼张开的牙床中，正迸发出一阵胜利的呐喊。但我们何必要把死亡描写得如此可怕，把我们所敬爱的死者之墓雕饰得如此恐怖呢？坟墓的装饰是应该用以激发对死者的柔情和敬意；或者有一种劝人为善的力量。古人的坟墓并不要使人生出憎厌和沮丧的情感，而是叫人来哀悼沉思的。

我正徘徊在幽暗的拱廊和静寂的侧堂中，研究着有关死者的记录，外面却时时传来忙碌的都市之声——辚辚的马车声，嘈杂的人声，甚至轻快的笑声。它们和周围死一般的宁静构成强烈的对照；在寺里边听到外面紧张生活的浪潮冲激着这个墓堂的墙壁，真有说不出的奇异感觉。

就像这样的，我继续从一座坟移步至另一座，从一所礼拜堂走到另一所。天色渐暮，深入寺内的走道上的游客脚步声变得愈来愈稀少了；悦耳的铃声正在召唤人们去晚祷；我远远看见唱诗班的队员，披着白袈裟，跨过通廊，纷纷入席。我站在亨利七世①礼拜堂的入口处。堂前有一道阶梯，进门前先得穿过一座幽深而宏伟的拱门。黄

① 亨利七世 Henry VII(1485—1509)，英国国王。

铜大门，雕饰得富丽精巧，门上铰链发出吃力的转动声，好像傲慢得不愿让凡夫俗子擅自闯入这所最华丽的墓堂。

进得门去，满目华丽的建筑和精美的雕刻，令人有目眩神迷之感。墙壁上全都布满了装饰，镶嵌着哥特式窗顶的线纹格子，凿成一座一座壁龛，里面挤满了圣人和殉道者的雕像。石碑经过斧钻巧妙的凿刻之后，仿佛丧失了原有的重量和密度，还有用奇妙精密的回纹装饰而成和雕饰纤细如蛛网的屋顶，都像被一种神奇的力量，高悬在空中。

礼拜堂的两侧，设有巴斯武士①的高大座位，那都是雕刻华丽的橡木座位，但缀有哥特式建筑的古怪装饰。座位的顶端覆着武士的盔饰，还有他们的绶带和佩剑；其上悬着他们的军旗，饰有纹章，它那明艳的金、紫、大红三种色彩，和屋顶灰暗的浮雕细工恰成对照。在这宏伟的灵堂中央，盖着亨利七世之坟——他和皇后的雕像躺在一块豪华的墓碑上，四周围绕着富丽的黄铜栅栏。

这是一个由坟墓和战利品混合而成的奇异场所；在一切富丽堂皇之中，在这象征雄心大志的标帜之中，却有着凄凉寂寞之感；因为这些标帜都和坟墓为邻，紧靠着积满尘埃和被人遗忘的纪念物，而你我也都将在尘埃和世人的遗忘中泯灭。走在一个寂静荒凉的地方，想起当年的繁华热闹，这最使人兴起一种深深的寂寞之感。我打量着武士及其侍从的空位，和一排排曾在他们前面飘扬，如今积满灰尘而依旧华丽的军旗，心中不禁涌现出一幅幻象：看到昔日的这个大厅里，正云集着当代的英雄美人；辉耀着珠光宝气的仕女和盛装的武士行列；只听见忙个不停的足音和群众嗡嗡嗡的赞赏声。刹那间这一切都消逝了；死一般的寂静重又笼罩了下来，耳朵边只有一两声偶尔啾啾的鸟

① 巴斯武士，英国勋位名。

鸣，连鸟儿都已闯进这所礼拜堂，并在梁柱之间筑起了鸟巢，可见此处是如何的孤寂和冷落。

军旗上绣有人名，我上前一看，原来他们是曾经派驻到世界各地的大臣；有些远涉重洋，有些征战异乡；有些纠缠在宫廷内阁层出不穷的密谋之中。他们在这个幽暗墓堂之中，好像还希望得到一块阴郁的墓碑，以表彰他们的声名。

堂两侧的两个小型侧堂，现出一个动人的景象：显示着坟墓之间的平等，它使压迫者降至被压迫者的同一地位，使两个冤家的遗骸聚在一起，一个侧堂之中是倨傲的伊利莎白之墓，另一侧堂之中是那位被她杀害的可爱的玛丽①之墓，在白天无时无刻没有人对后者发出怜悯的叹息，叹息之中还夹杂对前者的愤恨。游客为玛丽所作的同情之叹，经常还在她仇敌的墓墙上传出回音。

埋葬玛丽的那个侧堂弥漫着异样的阴郁气象。密布灰尘的窗户只穿进几丝朦胧的日光。那里幽影笼罩，墙壁上满是被时间和气候所侵蚀的痕迹。墓上躺着玛丽的大理石像，四周围以铁栅，大部分都已锈坏，上面刻有她的国徽——苏格兰的蓟形国徽。我已走倦了，就在她墓旁坐下休息，心中转念着玛丽一生的坎坷和不幸。

零星的足声已从寺内消失。我只听见远处时时传来祭司朗诵晚祷经的声音，和唱诗班微弱的应答声；当这些声音停息之时，整个大寺变得鸦雀无声。四周的一切逐渐为沉静、孤寂和幽暗所笼罩，使我们对于这个场所感到一种更为深刻和更为严肃的情趣：

因为安静的墓中没有谈话之声，

---

① 玛丽 Mary Stuart(1542—1587)，苏格兰女王，扶旧教而抑新教。因苏格兰革命，逃亡英国，投奔伊丽莎白，被囚二十余年，终为伊丽莎白处死。

没有知己的足音，没有情侣的呼唤，
没有严父的叮嘱——什么也听不见，
因为什么也不存在，什么都湮没无闻，
只有尘土、和那无底的黑暗。

突然间，耳边响起了沉重的风琴，一阵强似一阵，仿佛卷起了排山倒海式的声浪。其音量之大，音色之富丽、和这个宏伟的建筑恰好相配！琴声是何等的壮丽，它从庞大的拱形礼拜堂中滚滚涌出，以庄严的和声渗入这些死人的洞穴，使得静默的坟墓发出了声响！现在，风琴奏起了得意的高调，随着和音逐渐上升，一声高似一声。一下子风琴停了，唱诗班送出一阵阵柔美的歌声，歌声上扬，颤颤地回绕着屋顶，仿佛把这些高耸的拱顶当作了天堂，在那纯净的太空任意游荡。风琴又吼出雷鸣似的轰声，把空气化成音乐，打在人们的心坎上。多么幽长的音调！多么庄严的和弦！风琴的声音愈来愈强，愈来愈有力——整个大寺为其弥漫，好像墙壁都受到震撼；耳朵几乎震聋，五官受其震慑。现在它奏起了绝顶欢腾的乐调——从地面升向天空——灵魂好像失去了主宰，随着这个势不可当的声浪向上飘逝。

我在恍惚的状态中坐了一些时候，迷人的音乐往往会使我如此心荡神移：暮色逐渐笼罩了四周；纪念碑开始投射更深更深的幽影，远处又传来钟声，报道天已晚了。

我起身准备离寺。我正走下亨利七世礼拜堂的台阶，忽然望见忏悔者爱德华①的神龛，于是从一个小阶梯拾级而登，预备在那高处对这块荒凉的坟地作一鸟瞰：神龛筑于高坛之上，四周是列王列后的陵

① 忏悔者爱德华(1004? —1066)，英国国王，与诺曼第公爵威廉作战，兵败身死，英国亦受诺曼第人统治。

寝。站在这个高坛上，目光可从柱梁和墓碑之间，俯视下面挤满了坟墓的礼拜堂和斋舍；其间有无数的武士、教长、大臣和政客正躺在“黑暗之床”上不停地腐化。我的身旁竖着那张伟大的加冕宝座，座为橡木所制，雕刻简陋，其形式完全是中古时代的粗犷作风。此处的景象好像是经过一番戏剧性的设计，要使目击者产生某种感触。这儿象征着人生富贵荣华的起点终点；因为御座和坟墓之间实际上只差一步。这些不相称的纪念物聚在一起，怎不令人觉得这是给当代显贵的一个教训？——即使在人生最荣耀的一刻，那个不久必将来临的没落的命运，也就显示在面前；罩在他额上的皇冠，多快就要消失，他必须躺下，在坟土中忍受屈辱，还要被贱民的脚任意践踏。因为，说来也奇怪，这儿连坟墓都已不再是至圣之所了。天下有些人，气质轻浮得可怕，他们对于尊严和神圣的东西，竟也会加以狎弄；有些卑劣的人，于伟人在世之日，不得不向他们伟人卑躬屈膝；伟人去世之后，他们就向伟人的尸体施以报复了。忏悔者爱德华的棺木曾遭斧劈，殉葬饰物已被掠夺一空；煊赫一时的伊利莎白女王手中的玉笏已经不知去向，亨利五世[1]的偶像已成了无头冤鬼。每位君主的纪念碑上都留有一些痕迹，证明人类的恭敬是多么虚伪无根。有些被打劫，有些被肢解，有些被涂上了淫词秽语——多多少少都遭受了侮辱！

在我上面那些高大拱顶的彩色玻璃窗，正泻下几丝残余的日光；寺院较低的部分业已裹在薄暮的幽影之中，礼拜堂和两旁侧廊黝暗益深。帝王的偶像渐成黑影，纪念碑上的大理石像在朦胧的光线下，变得奇形怪状；通廊上晚风袭人，好像是从坟墓中吹来的冷气；甚至一位教士从诗人祠那边传来的足音，都令人有奇异的恐怖之感。我慢慢

---

① 亨利五世 Henry V(1387—1422)，英国国王，以文武兼资著称。

地踏着早晨的原路回去，当我穿出拱廊的门口时，身后刺耳的关门声，使整座屋宇响起了回声。

我很想把所见所思在心中理出一个头绪，但是它们已经乱成模糊的一堆。我的脚刚刚跨出门槛，那些人名、碑文、纪念物，都已在我的脑海里混淆不清了。我心中想道：这座大寺，聚葬如许名人，不就等于一部警世宝鉴，一部苦口婆心针对世人浮华痛加申诫的伟大著作吗？它是死神的帝国，黑暗的皇宫；死神堂皇地坐着，向伟人的遗骸嘲笑，在王公贵族的纪念碑上洒着尘土，同时也使它们被世人所遗忘。“英名不朽”这句大话，毕竟多么空虚！时间永远是在静静地翻

他的书页；我们忙着注意眼前的新闻，无暇去想那些曾经轰动一时的古人轶事；每个时代都只是一卷历史，很快地被后人丢弃一旁，置诸脑后。今天的偶像把昨天的英雄推出我们记忆之外；但是明天又有明天的偶像，他又把他的地位取而代之了。汤麦斯·勃朗爵士①曾说："我们的祖先看到他们的坟墓只在我们心里，留得片刻的记忆，他们同时也悲伤地告诉我们：我们的后代也要把我们很快地遗忘。"历史化为传说；怀疑和争论只是使真相更为模糊，匾额上的碑文渐渐朽腐；偶像也要从底座上倒塌。圆柱、拱门、金字塔，不都只是几堆沙土吗？上面所刻的墓志铭不都只是写在泥土里的几个字吗？坟墓给人什么保障？香油能够使尸体永不腐坏吗？亚历山大王的遗骸早已随风四散，他的空石棺现在只成了博物馆里的一件古董，"那些未遭坎拜西斯②或时间所摧毁的埃及木乃伊，现在已葬送于贪婪之手；木乃伊成为商品，密士兰被用作伤药，法老被代作香膏"。

那么，有什么东西能担保这所巍巍大寺不和那些更宏伟的神庙遭受同样的命运呢？总有一天，这些高耸的镀金拱顶会变成踩在脚下的碎屑；其时，这儿决不会听到有什么音乐和赞美歌，只有破拱门里的飒飒风声，伴和着破塔上的枭啼——其时，炫目的阳光将穿进这些幽暗的墓堂，常春藤将攀绕在倾倒的圆柱上；实支答利斯③将把花冠垂在无名的坟上，仿佛嘲笑里面的死人。人就这样消逝了；他的名字将从世人的记录和记忆中一笔勾销；他的历史就像一个传说的故事，而他的纪念碑终将变为废墟。

---

① 汤麦斯·勃朗爵士(1605—1682)，英国散文作家。所著"骨灰瓮"(Um-Burial)对于生死颇多意见。本段末句所引"那些未遭……"等语，亦引自该文。

② 坎拜西斯(公元前522年卒)，波斯王，曾征服埃及。密士兰，乃埃及之古名。

③ 实支答利斯，植物名。

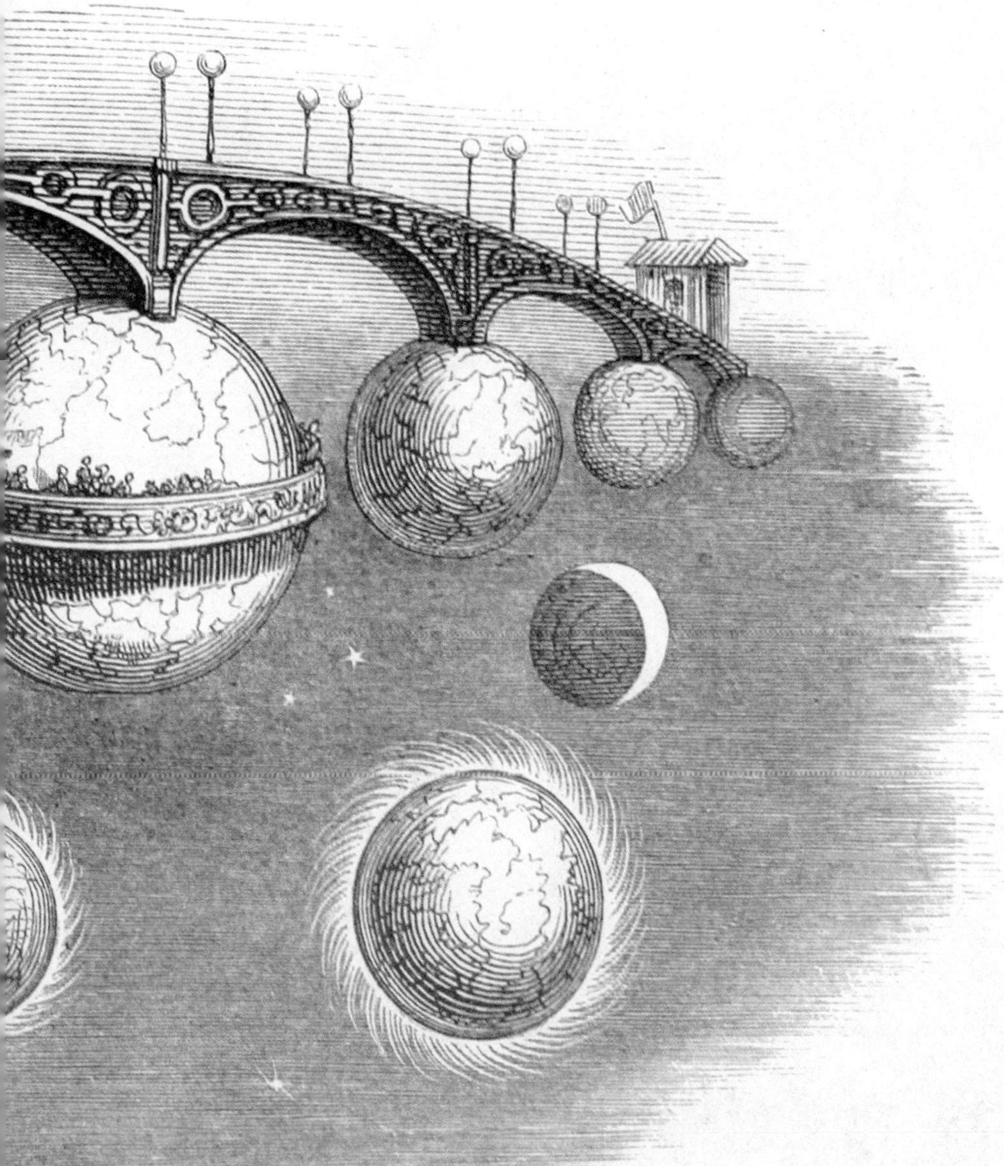

作者自叙

欧　文

我喜欢游历，见识各地的奇风异俗。我的旅行从童年时候就开始，本城范围以内的“穷乡僻壤”，我很小就去“考察”，因此我常常失踪，害得家长很着急，镇上的地保把我找回来了，常常因此受到奖赏。我这个小孩子长成大孩子，观察范围也日益扩大。每逢假日下午，我总到附近乡村去漫游。有些地方是历史名胜，有些地方是有神话传说的，我都亲加勘察，把它们摸熟了。什么地方发生过盗案或者凶杀案的，什么地方有过鬼魂出现的，我都知道。邻近各村我常去观光，当地的耆老硕德我总去踵门求教，因此我的知识也大为增加。有一天——那是漫长的夏天——我爬上了很远很远地方的一个山头，纵目四望，一英里之内的地方我是大多不认识的，我想起我们这个地球是多么的大，心里不免吃惊。

岁月增添，游兴更盛。我最爱读的书是游记旅行之类，废寝忘餐读这种闲书，把学校里的正课练习都给耽误了。风和日暖之日，我到码头四周去游荡，看见船只一艘一艘地开向远方，不禁心向往之——船帆渐远渐小，岸上的我，以目远送，我的灵魂已经随着我的幻想到了地球的不知哪一个角落了。

以后读书更多，思想日开，我这种好玩的性情，自然也渐渐地纳入理性的规范；但是本来只是空泛的憧憬，现在变成确定的心愿了。在自己本国，我也算游历了不少地方；假如我只想欣赏自然风景，那么美国风景之美，品类繁多，我已经目不暇接，无遑他求了。美国有大湖，银波闪翻，浩瀚汪洋；有高山，空灵缥缈，上接苍空；有草木横生鸟兽繁殖的山谷，有在荒山中澎湃直泻的大瀑布；有一望无际满目绿色的大平原；美国的大河，身阔水深，庄严地静静地流向海洋；美国的森林，古木参天，绵延千里，至今没有樵径可循；美国的天空，阳光普照，夏云过处，光彩奇丽。举凡天地之美，不论是宏伟的，或是优美的，均尽粹于此，美国有景如斯，美国人实在用不着舍近就远，到外国去游山玩水的了。

但是欧洲也有它的美，欧洲的美较之美国的美更富于历史与诗意的联想。艺术巨著，高尚社会的文雅生活，各地古老相传的奇风异俗，这种种为欧洲所有，而美国所未必有者。美国固然朝气蓬勃，前途无穷，可是欧洲历史久远，历代累积下来的文物之盛，却为美国所不及。你到了欧洲，不必进博物院，就是普通的废墟，就可以激发你怀古的幽情：每一块腐蚀的石头，都好像是一本历史读物。有什么地方，是以纪念古代的丰功伟绩的，我最喜欢在它左右徘徊——那时候我觉得我是“踏在历史的脚迹上面”——我看见了一片瓦砾的古堡遗迹，就流连不舍，看见了摇摇将堕的古塔巨楼，就低回凭吊——总而言之，我那时候避开了现实的庸俗，置身于迷离恍惚的古代盛世，我也就忘了我自己了。

我除了游览之外，又喜欢拜会当代的伟大人物。美国自然也有大人物，我们每一个城市都叫得出几个响当当的名字。我尽量找机会和

PARIS

他们来往，在他们的身影底下，我总觉得自己的渺小；因为小人物在大人物（尤其是城市里的大人物）的脚底下，总觉得自己抬不起头来的。可是我见识了本国大人物之余，更想认识欧洲的大人物，因为好几位哲学家都这么说过：任何动物到了美洲都要退化，人也不是例外。因此我想：咱们哈德逊河流域的土丘既然比不上人家阿尔卑斯山的高峰，咱们的大人物比起欧洲的伟人来，至少也得矮一个头；我这个见地也不无理由，只要看看人家英国人到敝邦来的游客就可明白的了；那辈英国人在他们本国，据我看来，也没有什么了不起，可是一到美国，就趾高气扬，不可一世了。我既然也忝为一个身居美国的“退化”之人，我自然极想观光上国，见识见识尚未退化的人类的真面目了。

我的“游历欲”居然常常能够实现，这不知道是我的好运气还是坏运气了。我游历过好几个国家，人生的变迁也见识了不少。我不敢说我有抉隐发微的哲学家的眼光；我至少像一个普通爱好艺术的人，走过一家一家图画店的时候，不得不驻足浏览一下，有些画是画得真美，有些画却是奇形怪状的诙谐画，可是它们能吸引我的注意则初无二致，至于可爱的山水画，那是我更要击节称赏的了。近代人旅行，都喜欢一手执铅笔，一手拿画册，速写留影，我因此也喜欢乱涂几笔，作为诸亲好友茶余饭后谈笑之助。可是我把这些杂记随笔重读一遍，心中不免起一种惶恐之感，因为通常出门旅行回来写书的人，总要讨论几项大题目，可是我信手写来，偏偏把大题目都给遗漏了。我像是个不幸的风景画家，也算到欧洲大陆去旅行写生过，可是他心有偏好，专找冷僻角落去作画；他的画集里因此也满是些普通山水以及荒村茅屋穷乡古墟之类，至于圣彼得大教堂或者罗马圆剧场、透尔尼的大瀑布①或者那不勒斯的海湾他根本没有收集在内，在他整本画册里，你找不到一幅冰川或是火山的伟观。读者诸君假如感到失望，作者只好在这里告罪了。

① 透尔尼大瀑布高达六百英尺，一连串有好几处，为意大利名胜。

英国的农村生活

欧　文

外国人对于英国民族性，如欲认识正确，其观察范围切不可限于大都市。他必须走入农村，在大村小庄住一个时期。古堡、别墅、田舍、茅屋他都应该去看看；园林之胜，他应该去漫游一番；矮篱绿巷，他应该走过；乡村教堂，他应该曾经流连；市墟赛会，以及各种乡村庆祝盛典，他都应该去参加。英国人的各种状态，各种习惯以及喜怒哀乐，应该都有所认识。

在有些国家，大都市是一国的财富集中之地，时髦风尚的观瞻所系；乡村几乎全为愚夫愚妇所居，如要找骚人雅士，只有求诸通都大邑了。英国适得其反。英国的都市只是高尚社会偶然集合之地，一年之中只有一小段时间，他们在都市里匆匆忙忙地寻欢作乐一番，欢乐既毕，他们又回到乡村，过怡然自得的生活了。英国各阶层社会的人士，散布于全国各处，即使在穷乡僻壤，你也会见得着诸色人等的。

事实上，英国人也天生地喜爱农村。他们对于大自然之美，最能领略；乡居的乐趣与乡间的工作，他们也都是极度爱好的。此种爱好，殆为天生，并非强致。即使城市中人，出生于砖屋，营营于闹市，一旦移居农村，生活习惯忽然改变，各种操作，亦大异昔日，然其人一定仍能应付裕如。商人在都市近郊，大多都有一所怡情养性的小屋，他们对栽植花木与培养果树的兴致与骄傲，实在不亚于商业的经营和业务的成功。有些人比较不幸，一辈子注定在繁嚣的城市中过生活，但是他们仍设法补救，总要种些花木，使自己不忘绿色的大自然美。城市中最黑暗肮脏的角落，家家户户客厅的窗口，都摆满了鲜花；任何一块空地，只要土地不太贫瘠，都有花坪和花床的点缀；街头的广场，都布置了小型的公园，绿草映目，趣味高洁，使人身心为之一快。

假如你只看见过城市里的英国人，你对于他们的社交性格，一定会有不大好的印象。他们大多忙于本身的事业，大都市中，可以占据他们的时间，搅乱他们的情感，分散他们的思想的事情，又何止千百种。因此他们看上去，不是匆匆忙忙，定是心不在焉。他不论在什么地方，总是席不暇暖，匆匆地又要赶到别的地方去了；他在讲一件事情的时候，他的心又飘荡到别的事情上去了；他好意来拜访你的时候，心里正在盘算如何经济时间，因为他今天早晨还要赶去拜访好几家人家呢。一个人生于大都市如伦敦者，就非得变成自私乏味不可。人同人匆匆地、草草地见面，他们就讲不出什么大道理了。他们所表现的只是性格冷酷的浮面，他们性格的内部，也有其诚挚温和的核心，要是不给它时间，它是不会发出光热，给你感觉到的。

英国人到了乡村后，他的天生的情感，就有自由发展的机会了。城市里的形式拘泥和死气沉沉的礼节不再生效，人也欣然获得解放了；他抛弃了城府深藏的怯生的习惯，他变得欢乐而活泼。凡是文明社会的高雅的生活和物质的便利，也仍旧可以设法保留，可是文明社

G. Clausen. 79

会的种种的约束，他是可以置之不顾了。他在乡村的住宅里，一切设备无不应有尽有，不论他静静地读书，或者要满足耳目的享受，或者要劳动筋骨，他可以随心所欲。书本、图画、音乐、狗、马以及各种运动用具，他都可以随手取来。他对于自己的宾客，都不必加以任何限制；一切享乐的工具，他本诸好客的精神，都是尽量地供应，客人可以各凭自己的爱好，自行活动。

英国人对于种植和所谓庭园风景一道，别有心得。他们对于自然之美，很用过一番苦功研究；对于一草一木的美丽的形体和各种花木的和谐的配合，英国人都有精微的见解——这种种自然之美，在别国都是生在荒野之地，自生自灭，可是在英国，却给人工搜罗起来，放置在家宅的周围。大自然的美，最为娇羞而不可捉摸，可是英国人有办法捉住它们，而且他们似乎有魔法一般，把它们捉住之后，还把它们分布在自己乡村住宅的四周。

英国公园的景色，最为宏伟，其壮观恐举世无出其右者。草地广阔，好像地上铺了鲜艳的绿色毡毯；巨木数株，聚成一簇，绿叶浓密，一眼望去，草地上东一簇西一簇这一类的大树有不少；矮树成林，望之蔚然而气象庄严，林间空地之上，麋鹿成群，静静地走过；野兔受惊，你可以看见它猛地钻到草堆里去躲起来了；或者有时是雄鸡突然展翅飞去；小溪一泓，曲曲折折，随意而流，或者豁然开朗，汇注成镜子似的湖泊；小潭幽静，潭心中反映出颤动的树枝，黄叶在它的怀抱中睡熟了，清晰的潭水之中，鲟鱼无所顾忌地游来游去；这种地方，偶然也有村庙一座，或者是什么林神木仙的塑像，虽然因为年代久远，已经霉湿而长满了绿苔，可是也使僻静的环境之中，显出一种古典的圣洁气氛。

这些不过是公园风景的几点特色而已，可是给我最大的喜悦的，倒不是这些宏伟的公园，而是英国人巧夺天工的才能，他们把一些平凡的中等家庭的住宅，都布置得精美异常，一座最简陋的住宅，一块最贫瘠难以有出产的土地，到了一个有美术修养的英国人手中，立刻就成了一片小小的天堂。他别具只眼，看出那块地方有些什么美化的可能性，立刻在心目中想象出将来可以造成什么样的风景。一经妙手，荒地变成锦绣；可是一切虽本诸艺术，却顺乎自然，匠心的运用，几乎一些都看不出来。某些树木的栽植培育，另一些树木的修剪整理；有些草木以花朵引人，有些草木则嫩叶轻盈，别具风致，这两种应该如何巧妙地分配；如何把如茵的软绿草地，布置成倾斜的坡陀；如何在草木之间，安放一处小小的罅隙，从那里望出去，可以看见远处蔚蓝色的天空，或者是银光闪闪的一片大水——这一切的安

排，都经过巧妙的设计；处处用心，可是处处不露痕迹；好像画师作成他心爱的图画的时候，有神来之笔，难以言传之妙。

乡村殷富而教育程度较高的住户，在他们的农村生产事业之中，固然散布着一种高洁的趣味，即使小农贫农，也是生在美化的环境之中。一个小小的长工，所住的是茅屋一间，屋前仅是一条狭空地，他也注意到美化的工作。篱笆修剪得很整洁，门前有平整的草坪，小小的花床周围是整齐的黄杨，墙上爬着忍冬花，屋子周围别具巧思地种满了冬青；因此到了冬天，仍旧满目翠绿，不致令人有荒凉之感，屋内的人围炉而坐，仍旧可以觉得身处绿色的夏天。这一切都说明了自上及下的高雅的趣味，在上者领导于前，其影响竟乃广被民间，下层阶级追随于后。被诗人所歌咏着的爱神，据说最喜欢降临茅屋草庐，我想她所爱光顾的一定是英国农民的住宅。

英国上流社会喜欢乡村生活，这一点对于英国民族性也有很大的好影响。英国的绅士阶级实在是世界上最优秀的人士。别的国家的所谓上等人大多是文弱纤巧，可是英国的绅士大多文武兼资，仪态固然优雅，可是体魄顽强，脸色红润，其原因我想是由于他们的户外生活的习惯，由于他们热心的喜好种种乡村的健身活动。他们的身体不断地操练，他们的心智精神都变得非常健康，他们有质朴的习惯，有男子汉雄赳赳的气概；他们即使在城里所过的仍是荒唐愚昧的生活，但是在乡村里所培养的良好的习惯，却不容易变质，更不会全部丧失的。乡村里面阶级的划分并不十分严格，各阶层的人比较可以自由地互相来往，互相混杂，而彼此之间可以有切磋观摩的影响，在都市里便不然，各阶级的层次井然，互相之间不能越雷池一步，乡村里并非没有贫富之别，上面有贵族，下面有各级乡绅、小地主、中农，以迄雇农，但是田产并不集中在少数人手里，小型田庄与农场非常之多，上面所说的秩序井然的各种阶级，只是使社会贫富两极端更趋团结，而各中等阶级也都有自立自尊的精神。可是我们不得不承认：现在的情形已不如从前，并不是处处这样的和谐美满了。最近这几年经济萧条，大地主已经吞并了小地主，在有些地方，独立精神很强的小农阶级差不多已全被消灭了。可是我相信这不过是偶然的反常现象，我所讲的整个的制度是不会改变的。

农村的种种操作，决无任何卑贱之处。在农田里工作的人，所接触的是自然界的伟大与美丽，外界的影响纯洁而高超，他的内心的活动一定也特别活跃。这样一个人可能是朴素无文，可是他决不会俗气满身的。所以自命风雅之士，假如跟城市里的下等人来往，心里一定会起反感；可是他同农村里的下层阶级的人来往，感觉就大不相同了。他丢开了自己的矜持，很乐于抛弃自己的尊贵的身份，同平民打成一片，享受诚朴的乐趣。真的，乡村的各种娱乐方式，使人和人之间的关系更为密切，打猎的号角，和猎狗的吠声有调和各种感情的妙用。在别的国家，贵族和乡绅是受人憎厌的阶级，他们在英国却常常获得下层阶级的拥护；英国的农民固然也受到种种天灾人祸之劫，但是他们对于土地和财产的分配不均，却并不常常抱怨诉苦；个中理由，我想是不难推寻的。

士大夫阶级和农民阶级既然如此融洽无间，英国文学里所有的一种特殊的农村气息，其来源恐即是由此。英国作家最喜欢拿农村生活来作为引证；英国的诗歌，打从乔叟的《花与叶》起①，最富于自然界风光的描写，其优美之处，其他各国文学鲜有能比拟者；英国诗人实在把露珠闪闪的大地上的那份鲜洁与芳香，带进我们的书房里来了。

① 《花与叶》据研究乔叟的专家Sheat氏考证，此诗著作年代较乔叟稍晚。

别国也有田园诗人，可是他们和自然界的关系，似乎只是泛泛之交，他们只是偶然去拜访她一下，对于她的美，只是有笼统的认识而已；英国的诗人却是同自然之神一起生活，一起纵情享乐的；他们找到她最隐秘的藏身之处，向她求爱，她的一颦一笑，都深印在他们的脑筋里面。微风中一棵树枝的颤动，一片枯叶簌簌地落到地上，雨点像金刚钻似的落到河里，不惹人注意的紫罗兰的幽香，雏菊在晨曦中展开它红色的花朵——这一切都有热情的灵敏的诗人随时留意着，他们笔之成诗，同时还发挥了美丽的哲理。

文雅高明之士对于乡村如此的爱好，这实在大有助于英国的风景之美。因为英国本岛地势大致平坦，缺山川之胜，假如不是人工的点缀，风景可能是很单调的。现在英国全岛到处是古堡宫殿园林之胜，琳琳琅琅，点缀得犹如珠玉镶嵌，花团锦簇。英国的名胜，大致不以宏伟壮丽取胜，最使我们神往的乃是幽静的乡村景色，单纯的田园风光。每一座古老的田舍，每一座长满了鲜苔的茅屋都像一幅图画；英国的道路极富曲折，树丛篱笆，常常把视线挡住了，因此一路走去，风景很多变化。一处处小巧的景致，令人心旷神怡，目不暇接。

英国风景最大的美，据我看来，乃是一种道德的美。这种道德的美随处流露，我们看见了英国的田园风景，心里就会联想到秩序和安静种种观念，联想到平和的深入人心的种种原则，历代相传的风俗，以及受人重视的习惯。每样东西似乎都是几百年来正常的和平的生活的产物，以任何一处村庄为例吧，先是教堂，它的建筑是古老的，门前有座矮矮的粗壮的门廊，哥特式的尖塔矗立于上，窗棂上雕满了花纹，彩色的玻璃金碧辉煌，因为保护得小心，至今簇崭全新；纪念古代战士名人的庄严的碑石，他们的后裔可能就是本地的地主；墓碑上

G. CLAUSEN

所记的是一代一代的勤劳的自耕农，他们的后裔至今还犁着先人的田地，祈祷不离这一座教堂；牧师住宅是一座别致而不同凡响的建筑，一部分还是保持旧日规模，可是世代相袭，屡经易手，除了整修之外，房屋的主人为了配合他个人或者他那时代的趣味，已经把它的样子改变得很多了；从教堂的墓园出来，通过一处转门，循着小径走去，一路上是悦目的田野，矮矮的树篱，绿荫宜人，你所走过的地方也许是别人的私产，但是根据传统的惯例，你在那里尽管通行不妨；村子就在附近不远，村上的茅舍自有其令人可敬之处，树荫底下是供公众游散的草地，村民的祖先也曾在此做过游戏；离开村子稍远之处是一座旧家巨宅，虽然自成一个世界，可是它巍然而立，对于周围的景物，似乎有一种卵翼护卫之势——这一切都是英国最普通的景象，可是这一切都表示一种平静而确立不移的安定——庸言庸行的道德以及对于本乡本土的爱好，世代相传，早已深入人心。英国人的道德性格，就在这种地方随时流露出来，十分深刻感人。

星期日早晨，教堂的柔和的钟声，飘过安静的田野，农民们穿上最漂亮的服装，脸上带着健康的红色，态度是愉快之中含有谦虚，以稳定的步伐，在绿色的小径上，走向教堂而去，这种景致，叫人看了真觉得心旷神怡；可是更使人看得舒服的是农村的黄昏：那时村民都聚集在自己的门口，周围是自己亲手种植的花花草草，各种简朴的享乐设备，也是亲手布置，他们身处其间，怎么不打从心底里高兴起来呢？

英国人这一种的温馨的土地观念，他们的安静的生活习惯，他们的深厚的天伦之乐——这种种毕竟是一切最稳固的美德的根本，一切最纯洁的乐趣的源泉。上面我说了这许多拉拉杂杂的话，到了最后，我想还是引用一段英国近代诗人的诗吧。下面这几行诗把英国的乡村生活的美描写得很透彻①：

堡垒状的大厦，城市里的圆顶，
树木阴森的别墅；从这些数起；
但是不论贵贱，就从无数比较朴素的，
镇上或是村子里的中等阶级住宅数起吧：
下及山谷里的草庐茅屋——
这座西方之岛向以风景著名——
安居乐业坐享天伦之乐的美景；
天伦之乐就像一头无邪的白鸽，
（廉耻和亲爱精诚是它的两个保护人。）

① 诗为 Rann Kennedy 氏作，原题《悼夏洛蒂太子妃》，作于 1817 年。

它在小小的安静的巢里,
把奔波世界各处才能找得到的各种快乐,
都放在里面:逃避了世界,
可是本身大有乐趣,自成一个世界:
它的快乐不需有人见证:分享这种快乐的人
自己知道,头上还有赞许的上苍;
它像一朵深藏在石缝里的小花,
它只能仰头看见天空,可是它在笑。

冬日漫步

梭　罗

风轻轻地低声吹着，吹过百叶窗，吹在窗上，轻软的好像羽毛一般；有时候数声叹息，几乎叫人想起夏季长夜漫漫和风吹动树叶的声音。田鼠已经舒舒服服地在地底下的楼房中睡着了，猫头鹰安坐在沼地深处一棵空心树里面，兔子、松鼠、狐狸都躲在家里安居不动。看家的狗在火炉旁边安静地躺着，牛羊在栏圈里一声不响地站着。大地也睡着了——这不是长眠，这似乎是它辛勤一年以来的第一次安然入睡。时虽半夜，大自然还是不断地忙着，只有街上商店招牌或是木屋的门轴上，偶然轻轻地发出叽格的声音，给寂寥的大自然添一些慰藉。茫茫宇宙，在金星和火星之间，只有这些声音表示天地万物还没有全体入睡——我们想起了远处（就在心里头吧？）还有温暖，还有神圣的欢欣和友朋相聚之乐，可是这种境界是天神们互相往来时才能领略，凡人是不胜其荒凉的。天地现在是睡着了，可是空气中还是充满了生机，鹅毛片片，不断地落下，好像有一个北方的五谷女神，正在我们的田亩上撒下无数银色的谷种。

我们也睡着了，一觉醒来，正是冬天的早晨。万籁无声，雪厚厚地堆着，窗槛上像是铺了温暖的棉花；窗格子显得加宽了，玻璃上结了冰纹，光线暗淡而静，更加强了屋内的舒适愉快的感觉。早晨的安静，似乎静在骨子里，我们走到窗口，挑了一处没有冰霜封住的地方，眺望田野的景色；可是我们单是走这几步路，脚下的地板已经在吱吱地响。窗外一幢幢的房子都是白雪盖顶；屋檐下、篱笆上都累累地挂满了雪条；院子里像石笋似站了很多雪柱，雪里藏的是什么东西，我们却看不出来。大树小树四面八方地伸出白色的手臂，指向天空；本来是墙壁篱笆的地方，形状更是奇怪，在昏暗的大地上面，它们向左右延伸，如跳如跃，似乎大自然一夜之间，把田野风景重新设计过，好让人间的画师来临摹。

我们悄悄地拔去了门闩，雪花飘飘，立刻落到屋子里来；走出屋外，寒风迎面扑来，利如刀割。星光已经不这么闪烁光亮，地平线上面笼罩了一层昏昏的铅状的薄雾。东方露出一种奇幻的古铜色的光彩，表示天快要亮了；可是四面的景物，还是模模糊糊，一片幽暗，鬼影幢幢，疑非人间。耳边的声音，也带一种鬼气——鸡啼狗吠，木柴的砍劈声，牛群的低鸣声——这一切都好像是阴阳河彼岸冥王的农场里所发出的声音；声音本身并没有特别凄凉之处，只是天色未明，这种种活动显得太庄严了，太神秘了，不像是人间所有的。院子里雪地上，狐狸和水獭所留下的脚迹犹新，这使我们想起：即使在冬夜最静寂的时候，自然界生物没有一个钟头不在活动，它们还在雪上留下痕迹。把院子门打开，我们以轻快的脚步，跨上寂寞的乡村公路，雪干而脆，脚踏上去发出破碎的声音；早起的农夫，驾了雪橇，到远处的市场去赶早市；这辆雪橇一夏天都在农夫的门口闲放着，与木屑稻梗为伍，现在可有了用武之地，它的尖锐清晰刺耳的声音，对于早起赶路的人，也有提神醒脑的作用。农舍窗上虽然积雪很多，但是屋里的农夫已经早把蜡烛点起，烛光孤寂地照射出来，像一颗暗淡的星。树际和雪堆之间，炊烟也是一处一处的从烟囱里往上飞升。

大地冰冻，远处鸡啼狗吠；从各处农舍门口，也不时地传来丁丁劈柴的声音。空气稀薄干寒，只有比较美妙的声音才能传入我们的耳朵，这种声音听来都有一种简短的可是悦耳的颤动；凡是至清至轻的流体，波动总是稍发即止，因为里面粗粒硬块，早就沉到底下去了。声音从地平线的远处传来，都清越明亮，犹如钟声，冬天的空气清明，不像夏天那样的多杂质阻碍，因此声音听来也不像夏天那样的毛糙模糊。脚下的土地，铿锵有声，如叩坚硬的古木；一切乡村间平凡的声音，此刻听来都美妙悦耳；树上的冰条，互相撞击，其声琤琮，如流水，如妙乐。大气里面一点水分都没有，水蒸气不是干化，就是凝结成冰霜的了；空气十分稀薄而似有弹性，人呼吸其中，自觉心旷神怡。天似乎是绷紧了的，往后收缩，人从下上望，很像处身大教堂中，顶上是一块连一块弧状的屋顶；空气中闪光点点，好像有冰晶浮游其间。据在格陵兰住过的人告诉我们说①，那边结冰的时候，"海就冒烟，像大火燎原一般；而且有一种雾气上升，名叫烟雾；这种烟雾有害健康，伤人皮肤，能使人手脸等处，生疮肿胀。"我们这里的寒气，虽然其冷入骨，然而质地清纯可提神，可清肺；我们不能把它认为是冻结的雾，只能认为是仲夏的雾气的结晶，经过寒冬的洗练，越发变得清纯了。

太阳最后总算从远处的林间上升，阳光照处，空中的冰霜都融化，隐隐之中似乎有铙钹伴奏，铙钹每响一次，阳光的威力逐渐增加；时间很快的从黎明变成早晨，早晨也愈来愈老，很快地把西面远

① 格陵兰，所引的书恐系 *Sir John Boss's Narrative of a Second Voyage in Search of a North-West Passage*，1835 年伦敦出版。

处的山头，镀上一层金色。我们匆匆地踏着粉状的干雪前进，因为思想情感更为激动，内心发出一种热力，天气也好像变得像十月小阳春似的温暖。假如我们能改造我们的生活，和大自然更能配合一致，我们也许就无需畏惧寒暑之侵，我们将同草木走兽一样，认大自然是我们的保姆和良友，她是永远照顾着我们的。

大自然在这个季节，特别显得纯洁，这是使我们觉得最为高兴的。残干枯木，苔痕斑斑的石头和栏杆，秋天的落叶，到现在被大雪掩没，像上面盖了一块干净的手巾。寒风一吹，无孔不入，一切乌烟瘴气都一扫而空，凡是不能坚贞自守的，都无法抵御；因此凡是在寒冷荒僻的地方（例如在高山之顶），我们所能看得见的东西，都是值得我们尊敬的，因为它们有一种坚强的纯朴的性格——一种清教徒式的坚韧。别的东西都寻求隐蔽保护去了，凡是能卓然独立于寒风之中者，一定是天地灵气之所钟，是自然界骨气的表现，它们具有和天神一般的勇敢。空气经过洗涤，呼吸进去特别有劲。空气的清明纯洁，甚至用眼睛都看得出来；我们宁可整天耽在户外，不到天黑不回家，我们希望朔风吹过光秃秃的大树一般吹彻我们的身体，使得我们更能适应寒冬的气候。我们希望借此能从大自然借来一点纯洁坚定的力量，这种力量对于我们是一年四季都有用的。

地层底下有大火，永远不熄，酷寒天气也不能稍减其炎风。大雪虽厚，终究要被它所融化。此火终年如一，所不同者，只是正月里掩盖稍厚，热力难透，七月里掩盖稍薄，热力容易上达而已。在顶冷的日子里，地火流动，其流动所经之处，树边上的雪就融化了。有一种鼠麦，晚秋茁芽，入冬长成，它的热力很快地把田里的积雪融化；裸麦田里，就是地火掩盖最薄的地方，我们看见了，心里都会觉得温暖。一到冬天，温暖就成了一切美德的代表；我们也像兔子和知更雀一样，自然而然的追求温暖；大地已经冰冻，我们就想去看看森林里的温泉，或者是一条不冻的小溪，和在太阳底下闪闪发光的溪里光秃的石头。沼泽池塘里所冒起的蒸汽，我们看来，好像同家里水壶的蒸汽一样的亲爱，一样的有温暖之感。可是哪一种炉火可以比得上冬日的太阳呢？太阳一出，田鼠从墙边钻出来了，小雀也在树林的深处吱吱啁啁地叫起来了。夏天的热一半是地面上热气的反射，冬天的温暖，则直接来自太阳。我们在积雪的山坳里走着，觉得太阳的光线照在背上；地方是很偏僻的了，可是和煦的太阳，始终照顾着我们，我们对于这种特殊恩典，只有感激在心而已。

地火的圣坛，也筑在每一个人的心胸里头；天不论怎么冷，山不论怎么荒凉，旅行的人大衣里面所包的火，比之人家壁炉里的火，更为温暖。一个健康的人，他正好补足季候的缺陷；外面是冬天，他心里就是夏天。人在北方，可是他的心就是南方。禽鸟和昆虫都会迁移到他的心头来居住；他的心里就注着温泉，在他的身边知更鸟和百灵鸟一头一头地飞下来栖息。

森林里的空地上，长满了有一年左右历史的灌木；叶都焦了，枝就枯了，但请看树上的雪是多么美丽！雪像银粉似的堆在上面，姿态万千，形状无穷；冬天是看不见色彩的，但是银株玉叶无穷的形态似乎正可以补救色彩的缺乏。在树干的周围，请注意田鼠细碎的脚迹，还有兔子的三角形的脚迹。天空清明，好像有弹性地挂在上面；看来夏天的天空，经过坚贞的寒冬加以提炼，加以收缩之后，所有的杂质都被筛到地上，现在的天空是经过净化的了。

夏天里生物茂盛庶类众多，到了冬天，一切区别，就不甚明显，成为浑然一体。天似乎也更接近地面。宇宙各种元素并不像以前那么含蓄，也不像以前那么判然分明：水结成冰，雨化为雪，白天只是斯堪第那维亚的黑夜，冬天只是南极的夏天。

现在自然界的生命只有更趋活跃；披有皮毛的兽类虽经酷寒的黑夜，仍旧未被冻死；现在被霜雪掩盖的田野树林里面，仰起头来看日出了：

> 无食物可寻的旷野里，
> 棕色的动物纷纷出动①。

这个星期五的早晨是多么的冷，可是远处的山谷里灰松鼠和兔子还是在那里活泼跳踉。这地方就是我们的寒带，至于我们的爱斯基摩人，我们的住居于冰雪之中的人呢？我们不是有我们碎冰的人和伐木的樵夫，还有我们的狐狸、麝鼠和貂鼠吗？

天气虽然寒冷，夏天并没有全部消逝，有些地方我们还可以找到夏天的生活，心里因此可以起一种共鸣。霜封的草原上，我们会发现石蚕幼虫的水底的巢穴，横在溪涧之间。它们的巢穴是小圆筒的，就筑在它们身体的周围。构成的材料是芦苇、树枝、枯草、败叶、贝壳和石子，其形状和颜色都和水底下乱七八糟的垃圾差不多。这种巢穴有时候在水底下的石卵上面漂流；有时候小小的漩涡一起，它们就跟着旋转，被急激的小瀑布冲向下流；它们有时候也被流水很快地带着走，有时候碰到一片草叶的尖端或者一块树根，它们就左右来回地摆动，趑趄不前。不久之后，这些小虫像蛃子或其他昆虫一样，就离开它们的水宅，爬上草茎，在水面上漂荡，然后在水面附近扑扑地飞，或者在晚上把它们短促的生命，葬送在我们的蜡烛火焰之中。在那边

① 典出英国18世纪诗人汤姆生(James Thomson)的长诗《四季》(*The seasons*)内的《冬季》之章。

小小山坳之中，灌木已经累累结实，红色的浆果同白色的雪地相映成趣。这里你可以看见生命的活跃，千万只脚在雪地上走过的脚迹。山坳虽小，太阳照在上面，气概竟也不亚于当年的法国盛世的塞纳河河谷或是罗马盛世的台伯河河谷；我们这些动植物不知失败或恐惧为何物，它们所表现的真正自求生存的勇气，实在是法兰西帝国或罗马帝国所从没有看见过的。在我们这座山坳里，一切都是原始的，但是一切都是质朴单纯，这些动植物所过的是一种健康的生活，有希望的生活，一种为我们城市里所看不到的生活。我们走入树林深处远离人迹，遗世独立，微风过处，树上的雪纷纷落下，那时我们觉得我们的思想是多方面的，远比城市的生活为复杂。我们与各种小鸟为伍，但是它们比之政治与哲学，更能启发我们的思想；假如我们再同那些圣贤豪杰在一起，我们要觉得他们不过是俗物而已。在这静寂的山坳里，溪涧从山坡下流，多折纹的冰和晶状的雪幻出各种色彩，两旁矗立的是虎尾枞和梣树，小河里长的是芦苇和干枯了的野燕麦——在这种地方，我们的生命更为庄严肃穆，更值得低回思索。

时近中午，太阳的热由四周的山上反射过来，树上的冰条开始融解，流水解冻，琤琮的声音，虽然很轻微，我们也可听见；"五十雀"和鹧鸪非但鸣声可闻，它们也在我们面前飞跃活动。中午的时候，南风一吹，地上雪融，枯草落叶，都呈现在我们的眼前；雪化以后的地上是一无足观，可是地上所发出的一种香气，却使人闻后精神为之一爽，其甘美实不亚于煮肉的香味。

那边有一座樵夫的小屋，樵夫本人不在，但我们也不妨进去看看。冬夜漫长，冬日苦短而多风雪，这种生活真是够那樵夫忍受的。樵夫家居山的南麓，在一片荒野之中，他那个地方，比较有人来往，可算是荒野里文明的象征。到叙利亚和波斯去的游客，站在帕米拉和海克通帕立斯①的废墟之前，抚今思昔，他那时候心头的联想，大约同我们现在这个时候差不多。花花草草普遍总是逐人迹而生，这里既有人烟，我想鸟应该唱歌，花也已经开放了。梅树在头上作响，胡桃木是樵夫的燃料，含有松脂的松根替他引火；樵夫虽然已去远方，他平常汲水的泉水，还是在山洼里兀自冒汽，汽还是那么的稀薄，同空气也差不了多少。屋子里有平台一方，上铺松枝稻草，这就是樵夫的床了；这些破碎的碗盏，就是他饮食的器皿。可是今年的冬天，他出门去了，木架子上的京燕的窠还是去年夏天筑在那里的呢。屋子里还有一点柴火的死灰，又好像屋主人离屋不久，灰里搁了一支缺了嘴的烟斗；我们可以想象，他在火上煮了一锅豆子，晚上衔了烟斗，同他唯一的伴侣（假如他有伴侣的话），谈谈明天的雪可能积得多深（外面正在大雪纷飞），或者讨论刚才一声怪响是猫头鹰的叫声呢，是树枝的摇摆声呢，还是自己的幻想制造出来的。深夜的时候，他在上床伸展四肢睡觉之前，先到粗大的烟囱底下张望一下，看看外面的风雪停了没有；看见仙后星座正是明亮的照在他身上，他放心了，很快地就睡着了。

樵夫在屋内留下不少东西，我们根据这些线索，也可推测他的生活情形。这里有木垛一块，我们可以知道他的斧头有多么锋利；我们看他劈斫的角度，可以猜想他伐木时是站在哪一边的，还有：他把树劈下来时，人有没有绕树而转，斧头有没有换过手。一块小小的木片上，实在已经写下了樵子一生的历史；甚至于全世界的历史，也逃不出这方寸之间。这一块小小的纸片，是樵夫用来包糖或是包盐的，或者是用来塞他的枪膛的，可是我们坐在森林里的一段木头上，从这张

① 帕米拉 Palmyra，罗马帝国后期的大城，在今之叙利亚。海克通帕立斯 Hecatompolis，在今之埃及。

纸上也可以读出很多文章……这座小屋朝南的一面，屋檐上的融雪正在滴落，松树上山雀吱吱地在叫，屋门周围，阳光普照，和煦温暖，好像特别富于人情味似的。

樵夫离家已经有两个季节，这座简陋的小屋至今仍旧点缀着这里的风景。鸟飞到这里来做窠，林间许多四脚走兽的足迹，你若跟踪追索，你可以发现它们都是走到这里来的。人侵犯了自然，玷污了自然，但是自然一向对此并不挂怀。伐木丁丁的声音现在偶然还听得到，森林仍旧很高兴的，不存戒心地替斧头发出回声；可是这种声音不常有，有了它的点缀，这里的景致显得更为荒野，天地之间一切元素，似乎正努力把这种声音也化成自然界景色的一部分。

我们沿樵径而上，渐渐地走到山顶；山虽是丘陵，但也相当高，南边的山坡尤为陡峻，我们站在那边，纵目南望，底下广阔的风景——森林、田野、河流，可以一览无遗，一直可以望到远处积雪的山脉。那边有炊烟一缕，冉冉地从林中升起，林里的农舍我们是看不见的，可是它顶上的烟，无异竖起了一面大纛旗。那边下面的气候一定较为温和，因为那边有温泉，温泉所冒出的蒸汽，在树林顶上结成云彩。一个远道来的游客，假如在林中高地，发现了这一股烟，他同那农舍里的主人，自然而然就发生了一种默契。烟慢慢地舒徐地上升，就像树叶所吐出来的蒸汽一样，烟在空中，化成丝丝缕缕，其繁忙正不亚于炉边的主妇。烟中似乎也有字，我们仔细辨读，也可以悟出人生的道理，它所表示的实在远比火热水沸这个简单的事实更为重要，更为亲切。森林任何一处，只要像挂了旗似的露出这种烟柱，那底下就有人家卜居——人类就是这样移民而繁殖的，罗马就是这样创始的，艺术就是这样起源的，大帝国——不论是在美洲的或是亚洲的大草原上——就是这样建立的。

我们现在又下山走去，走到林中湖畔，湖在群山中央的凹处，湖水好像就是从这些山石里压榨而得，又好像是年年树上的落叶浸泡出来的液汁。一眼望去，湖水既无出口，又无入口，可是湖也有它的历史，它的历史就在它起伏的波浪，它岸边的磨光了的石卵，和它周围绵延不绝的松树。它虽然安居不动，可是绝不怠惰，真像阿部·穆萨①所说的一样："在家安居者天之道也，出外奔波者人之道也。"湖水虽不流通，它的蒸汽上升，却是无远勿届。夏天的时候，湖是大地的水汪汪的眼睛！大自然胸膛上的一面镜子。森林间一切的罪恶都

① 穆萨，可能指14世纪西班牙回教国王Abu Hammu Musa。

在这里洗净。万木拱抱，又好像罗马的圆剧场，然而这里所表演的，都是大自然的温柔敦厚的一方面。每一棵树每一条小径都把旅人带到湖的边上来，这里是鸟兽趋集之处，整个地形也是向湖边倾斜的。这里是自然女神的闺房，她每天就坐在这里理妆。别看她一声不作，可是她多俭省，又多么爱整洁。日出之后，湖水蒸发，湖面上的灰尘也随之一扫而空，湖面也不断以焕然一新的姿态出现；不论每年积集了多少杂质，春天一到，湖水立刻又显得清澈。夏天的时候，微风过处，湖面上似乎奏起一种静静的音乐。可是现在只是一片皑皑白雪，湖水的模样，我们是看不见了；有时候风把浮雪吹开，露出光滑的层冰，干枯的叶子在上面滑来滑去，它们的旅程很有限，可是东转西弯，曲折也很多。这里有一片山毛榉的枯叶，漂荡了好久，刚刚碰到岸上的一块石子——触礁了，可是它还在摇摆不定，似乎随时都可以再度发动的样子，这片树叶，从树上掉下来之后的旅程，我想一个熟

练的工程师能够替它计算出来。 因为计算用得着的一切因素，例如树叶目前的位置；风的方向，湖面的高度等等，都是很容易推算得出的。 这片叶子边缘破碎不齐，筋络也是断缺很多，可是它的旅程，是都写在上面了。

我们身处山野，可是我们想象自己是处身在一座巨宅之中。 给冰雪覆盖的湖面，可以算做我们的松木桌子，也可以算做铺了沙的地板。 湖边上矗立的树木，又像是农舍的墙壁。 冰块碎处，钓鱼线挂了很多，这像是厨房里大规模的准备；雪地上站立的那些人又像是森林里的家具。 那些人跟我们的距离约有半英里之遥，我们隔了冰雪望过去，他们的行动模糊不清，所给我们的印象，就同我们在历史书上所读到的亚历山大大帝的功业一般。 他们的行动似乎和这里的风景正好配合，其重要性也不亚于征城拓土呢。

我们现在又在树枝交织而成的拱门底下漫步走过；走到森林边缘的时候，我们听到远处河湾里冰块受到湖水冲击，轰然作响，可是这种潮水行动较难以捉摸，并非普通海潮。 据我听来，这种声音很奇怪地使我联想到家，它就是我们自己远房贵亲的声音，有震撼心灵的作用。 林间湖畔，日光和煦得同夏天仿佛；虽然走了几丈路，只看见一瓣绿叶，可是自然界的气象是清明而健壮。 这里每一个声音都充满了一种神秘的健壮的气息，七月里微风低吹的声音固然如此，正月里树枝的颤动声又何独不然?

黑夜未临以前，我们将穿上冰鞋，在曲折的河面上遨游一番，这样顺流滑冰而下，对于我们这种冬天整日靠着炉边而坐的人，实在富于新奇的刺激，不亚于跟随柏莱或弗兰克林①等大探险家到冰天雪地

---

① 柏莱 Sir William E. Parry(1790—1855)，弗兰克林 Sir John Franklin(1786—1847)，皆英人，以探险北极著称。

里去游历一次。河道曲曲弯弯，一下子在群山中流过，一下子在平整的草地上展开，在松树枝桠交错的地方，河面上又形成了无数的港汊。河在市镇的后面流过，因此我们所看见的景物，都是比较荒野，为平日所不习见的。平常从公路上看去，田野园圃都带一种矫揉造作的姿态，可是在靠河的一面，它们就都比较大方自在，拿真面目给人看了。这里是地球的外界——地球的边缘。一切景物，都显得调和，没有强烈的对比，因此眼睛也就舒服多了。一路下去，农田上的篱笆倒有不少，最后一排篱笆的最后一节障碍，是一枝飘荡着的柳条，至今还保持一点青色；从此以后，就再无樊篱之阻，也不再有道路同我们的冰路交叉了。现在我们所走的路是一条最隐僻最平坦的路，我们如往上游走，不需要爬什么山，只要一层一层地按着广阔的平路走，也可以深入腹地，走入高地草原。河流自高而下，最足以说明顺循自然之理；河流走路好像病人一般，丝毫不用力气。一枚橡果①给杯子托着，可以悠悠地循着河流浮游而下，决无颠覆之虞。河里偶然也有小小的瀑布，但是水虽突然滑泻而下，整个风景却并无改变，只是水汽弥漫，水花四溅，把远近游客的注意都吸引过来了。河流发源之处远在内陆腹地，它跨过好几层广阔而平坦的台阶，或者说，它是沿着一块倾斜度很缓和的平面，浩浩荡荡，流入海洋。地面是不平的，但是河流从一开始起，就随着地形的起伏，自然而下，以后不断如此，所以能够畅流无阻。

天地之间，没有一处地方，是人迹永远所不能到的。现在我们走近鱼类的帝国了。我们的脚很快的滑过深不可测的大水，回忆夏天的时候，我们的钓竿也在此引诱过鳕鱼和鲈鱼，河里芦苇成行，

① 橡果下部有托，如杯状。

宛如长廊一般，那是庄重的梭子鱼潜伏的地方。附近的沼泽地带范围广阔，难以通过，冰鞋虽行动快捷，到此也无能为力，上面好像筑了一千条铁路，到处是阻碍，但是苍鹭曾经在此地涉过水，鸬鹚也在这里栖息过。我们一口气就滑到了麝鼠的公馆——麝鼠是这里资格最老的移民——我们看见它在透明的冰层底下飞也似的钻回河岸上的洞穴里，形状就像一条长毛的鱼。我们不断地向前滑行，很快地就滑过了草原，那地方不久以前“一刈草人曾经磨过镰刀”①，我们穿过好几处冻结了的蔓越橘丛，地上野草还是很多。再向前滑去，就到了山乌、京燕和翠鸟在河的上方筑巢的地方，泥沼中的树上也悬挂着大黄蜂的巢。许多快乐的小鸟纷纷从它们的桦枝和蓟花毛构成的巢里飞出，现在正随着日光飞舞。泥沼外缘的树上，鸟巢很多，形成了一个水上悬空村落，这里是人迹从来所不到。树的空心里面，是树鸭孵育子女的地方，有时候她偷偷地溜出去，到远处的沼泽去猎食。

大自然在冬天成了一架古董柜子，充满了各种干结了的标本，完全按照它们天生的次序，排列得井井有条。草原和树林成了一座“植物标本院”。树叶和野草受了空气的压力，无需螺丝钉或胶水之功，形态保持得很完整。这里的鸟巢并不像博物院里一样，挂在假树上面；这里的树虽干枯，仍是真树，鸟在哪里筑的巢，现在还是在哪里。我们现在到草木横生的泥沼里去察看一下，看看赤杨、柳树、枫树吸收了多少和煦的阳光，多少滋润的雨露，现在长得有多高。我们要看看它们的桠枝经过发旺的夏天之后，长得有多长多粗了——不久之后，尚在熟眠中的蓓蕾就要觉醒，“百尺竿头，更上一步”，这些树

① 典出自 *Milton's L'allegro*（《快乐人》）第六十六行。

枝快要和天相齐了。

我们有时候在雪中践踏而过，雪太深了我们常常因此找不到河的踪迹；走了几十码①之遥，河重复出现，可是似乎改了道，忽焉在左，忽焉在右，大出我们意料之外。河在冰雪底下，仍旧流着，轰轰然地可是又是模糊不清地发出声音，好像是打鼾，难道河像熊和土拨鼠一样，也会冬眠不成？夏天浩浩荡荡的大川，现在所剩踪迹无多，我们隐隐约约地找寻过去，总是看不见河，只见一片硬化了的冰雪。我们起初总以为一到深冬，河流就会干涸，或者至少在春天解冻以前，它是连底冰结的。事实上，河水并未减少，只是表面上盖了一层冰雪而已。灌注湖泊溪流的千百泉源，冬天里仍是滚滚而流。只有少数离地较近的泉源，它们的出口处也许被冻住了；但是它们流入地下，地底深处的水库因此益形充实。自然界的井泉是在冰霜的下面。夏天百溪水涨，这并不单靠融雪来灌注；刈草的人要解渴，也并不是只有融化了的雪水可以喝。春天山泉解冻，溪水暴涨，这是因为自然界的工作被耽搁了一个时候，水变成了冰和雪，冰雪的质地没有水那么圆润，它们不像水那样容易趋向平处流，所以有闯祸的可能。

冰的那一头，在松林和雪掩盖下的丘陵之间，站着一个钓梭子鱼的渔夫。在一个幽静的河港里，他放下他的钓丝，他的双臂插在厚大衣的口袋里面，活像一个芬兰人；他的思想里也闷闷地充满了冰雪和鱼腥味，他自己就是一条无鳍的鱼，跟他的同类之间的不同，只是一在冰上，一在冰下，相隔的距离是可以用英寸来计算的。其人挺然直立，默不作声，四周环绕的是云和雪，简直同河岸上的松树没有分别。在这荒野地方，人在四处呆然木立，即使有动作，也是迟缓而轻

① 码，英美长度计量单位，1码≈0.9米。

易不肯一动的，因为自然界本身就是沉默而稳重的，人到了这里，也把城市里那种轻躁妄动的脾气革除了，别以为这种地方有了人迹，看上去就不大荒野；人在这里，就同怪鸟和麝鼠一样，只是自然界的一部分，据早期航海家的报导，努克泰港①和美洲西北海岸一带的土人，周身穿着厚厚的皮衣，见了生人绝不愿意多开口，除非你用一块铁去哄他，才会打开他的话盒子；这里的人，其沉默几乎也同那些土人仿佛。这里的人是和自然界打成一片的，他的根深入自然，而且比之城市里的人，他的根柢是更为稳固。

我们四处闲荡，现在暮云四合，雪花又断断续续地飘下。雪愈下愈快，远处的东西都迷迷糊糊的渐渐丧失。雪四处落下，树上、田里、河边、湖畔、山上、谷底——没有一个小小的隙缝雪不飘进去的。现在空气变得特别宁静，四足走兽都找地方隐蔽起来了，鸟也栖息不动。声音几乎一点都听不见，比好天气的时候更要静寂，可是悄悄地，渐渐地，山坡、灰色的墙和篱笆、光滑的冰、干枯的树叶，这一切以前没有给雪遮盖住的，现在都埋了起来了，人兽的足迹也一齐丧失。大自然毫不费劲地，就恢复了她的统治权，把人为的痕迹一概抹煞。有荷马咏雪的诗为证②："冬天雪花落得快而且密。风不吹了，雪不断地下，盖住了高山和丘陵的顶，也盖住了长酸枣树的平原，和耕种过的田地；在浪花四起的海湾海岸边上，雪也落着，可是雪落到海里，就一声不响地，给海水融化掉了。"雪填满一切缺陷，使万物平等，把万物更深地包在自然的怀抱之中；雪的作用同攀藤差不多，在漫长的夏天里，藤爬上了庙宇的柱顶和堡垒的雉堞；它协助自然的力量，遮掩了人工的建筑。

---

① 努克泰港，在加拿大。

② 荷马著《伊利亚特》第十二章，二七八行以下。

凶暴的夜风吹过树林，簌簌作响，它警告我们，应该回头走了。太阳在渐趋猛烈的雪风后面，渐渐西沉，鸟纷纷觅路回巢，牛羊也回到他们的圈栏里去了。

替农夫工作的老牛，垂着头
站着，身上盖满了雪，现在要求
他一天工作的报酬。①

普通日历书里总把冬天画作一个老人的样子，大衣把周身裹得紧紧的，面对着风雪，可是在我们想象之中，他是一个愉快的樵夫，或者是一个热血的青年，同夏天一样的活泼。风雪之中自有其庄严，其奥妙是以前从来没有被发现过的，这种精神把游客的精神也给支撑了起来。冬天决不跟人开玩笑，它有一种和蔼诚恳的态度。我们在冬天所过的是更为内向的生活。我们的心仍旧是缓和而快乐的，就像大雪之下的农舍一样：门窗半被隐蔽，可是烟囱里面，烟还是很快乐地往上升。房屋里面本来给人以舒服之感，外面风雪大作，把人关在屋里，人因此觉得更为舒服。天气顶冷的日子，我们在壁炉边烤火，从烟囱里面望望外面的天空，心里觉得很满足。我们那时领略炉边的温暖的静趣，静听街上牛羊的低鸣，远处谷仓里在打谷，声音整个下午不停，听见这种声音，我们好像听到自己的脉搏在跳动。这种简单而自然的声音，对于我们的精神究竟有些什么影响，一个高明的医生，无疑可以根据这一点来断定我们健康的好坏。我们现在围在炉边所享受的，不是东方式的，而是北方式的闲暇，太阳光中飞舞的尘埃，这

① 典出汤姆生的《冬季》。

正是一个有闲的人所该仔细观察的。

有时候我们的生活严肃得太平凡，太惯适，因此我们的命运不可能是残酷的。且想想：足足有三个月之久，人类的命运总是裹在皮裘里面。何况雪又是那么使人神清气爽，可是希伯来人的那本《圣经》并不认识这点事实。难道宗教都是为热带人士而立？没有一种宗教是供温带寒带人士崇拜的吗？在新英格兰的寒夜，天神对于人类纯是一片厚恩，可怪的是没有一种宗教是记载这一种慈悲的。我们从来没有替天神唱赞美诗，我们只是觉得天神在发怒，因此厌恨他们。天下最好的《圣经》，所记载的只是一种微薄的信仰。那些圣人所过的也是一种闭塞而严厉的生活。假如真正有勇敢虔诚之士，不妨到美洲的缅因或拉普拉度的森林里来住一年，从初冬起到解冻为止的这一段生活与经验，他假如体会过后，不妨再翻阅《圣经》，看看里面所讲的话够不够深刻。

现在，在农夫的火炉边上，漫长的冬夜开始了；人虽偈处斗室，然而思想无远弗届，人性本是慈善的，到了这时候对于天下一切有情众生，更非宽大慈悲为怀不可。庄稼早已收割，对于严冬已经有备无患，农夫想到这一点，油然心喜；他现在心平气和的，从闪闪烁烁的玻璃窗往外采望“北极熊的家”①，现在风暴已过。

圆满的天宇，
无数的世界都展示在我们的眼前，
天明亮利眼;从北极到南极
披着一件光闪闪的法衣。②

①② 典出汤姆生的《冬季》。

禽兽为邻

梭　罗

有时，我钓鱼有人做伴，此人从城的那一头，穿过了村子到我的家里来。两人共同进餐固然是社交，但是两人一起垂钓，捕了鱼来佐餐，也算是一种社交活动。

隐士：我不知道这世界现在怎么啦。三小时来，我没有听见什么，就是羊齿植物上的蝗虫的爬声也听不到。鸽子在鸽房里睡熟了，它们的翅膀都不扑一扑。此刻，在林子以外吹响的，是不是农夫中午歇工的号角声？田里工人陆陆续续地回来吃煮腌牛肉，玉蜀黍面包，喝他们的苹果酒了。为什么人要这样自寻烦恼呢？不吃不喝，就可以不必工作了。不知道他们的收获有多少了？谁愿意住在那种地方，狗吠得叫人都不能思想了？啊，还有家务！要把恶魔门上的铜把手擦亮，如此风光明媚的日子，可是还得躲在家里擦浴盆！还是没有家室之累得好。不如住在空心的树洞里；至于早上的访问和夜间的宴会呢，什么都没有，只有啄木鸟的啄木声！啊，那边的人烟是太稠密了，太阳又太热，那种人又入世太深，为我所不喜。我汲泉而饮，架上一块棕色面包，也够我果腹的了。听！我听见树叶里那一阵萧萧的声音。是什么村中饿慌了的狗，忍不住又施展它的追猎的兽性了，这声音难道是那只迷失的小猪的脚步声吗？它据说逃跑到森林里来了，下雨后我还看过它的脚迹呢。脚步愈来愈近了，我的黄栌树和石楠在震颤了——呃，诗人先生，是你吗？你觉得今天这个世界怎么样？

诗人：看这些云，悬垂的姿态多美，这就是我今天所看见的最伟大的东西了。古画里看不到这样的云，外国也看不到——除非我们是在西班牙海岸之外。这是一个真正的地中海的天空①。可是我既然要维持生活，而今天还没有吃过东西，我想到钓鱼了。这是诗人最好的工作。这也是我唯一懂得的行业，去吧，我们一起去。

隐士：我不能拒绝你。我的棕色面包几口就要吃完，我就可以欣然同行。可是我正在思索一个严重的问题，现在正是到了结论的阶段。我想我很快就可以想完了，所以，请你让我孤独一会儿。可是大家免得耽误起见，你可以先掘出一些钓饵来。这一带很少有能做钓饵的蚯蚓，因为土上从未有施过肥料，蚯蚓几乎快要灭绝了。挖掘鱼饵，实在是同钓鱼差不多的一种游戏，尤其在人的胃口不顶好的时候。这一个游戏今天你一个人去做吧。我劝告你，把铲刀在那边落花生丛中掘下去；那边狗尾草正在摇摆，我可以担保，你每翻起三块土来，就可以捉到一条蚯蚓，但是你得在草根里仔细找寻，好像你是在锄败草一样。或者你愿意走远一些，那也未始不是一个好办法，因为我发现一条定律：好的钓饵的增加，几乎同距离的平方成正比。

---

① 本文中隐士乃梭罗夫子自道，诗人乃张宁，此人于霍桑《古屋杂忆》中亦曾出现。张宁于1846年曾去地中海一带旅行。

隐士自白：让我看，我想到什么地方了？ 我看我的想法大致是如此；我对周围的世界的看法是如此。 我还是要上天堂去呢？ 还是要去钓鱼？ 如果我立刻可以把我的沉思告一结束，难道以后还会有这样一个可爱的机会吗？ 我刚刚几乎和万物的本体化为一体，我一生中从来没有过如此深刻的经验。 我怕我这种思想是不会再回来了。 如果吹口笛有用，我要吹口笛把它召唤回来。 思想来引动我们的时候，我们偏偏说："让我来想想看，" 这是不是聪明的办法呢？我的思想一点痕迹都不留了，我也不再能找到我的思路了。 我刚才在想的什么呢？ 这是一个很不明朗的日子。 还是来试一试孔夫子的三句话吧，他的话也许会恢复我刚才的思路。 我不知道那是一堆垃圾呢？ 还是一个开始抽芽发枝的欢乐。 同一种类的机会是只有一次的。

诗人：隐士，怎么啦；我是不是太快了？ 我已经捉到了十三条整的，还有几条不全的。 它们用来捉小鱼也可以，它们不至于把钓钩盖没得太多。 那些村子里的蚯蚓实在长得太大了；银鱼大嚼一顿之后，还找不到那支串肉的针在什么地方呢。

隐士：好的，现在我们走吧。 我们要不要到康格河去？ 如果水

位不太高，就可以玩得痛快了。

为什么只是我们看到的一些事物，构成这个世界？为什么只有这样一些禽兽才能做人的邻居，好像天地之间这样一个罅隙，只有一座房子才能把它填满似的？我想皮尔贝①之流的人物，把动物利用得好极了；到了他们手里，一切动物可以都成了负载之兽——它们都足负载着我们的一些思想的。

角逐在我房中的老鼠不是平常的那种；平常的那种据说是从外面带进此地乡野里来的，可是这种是土生的野鼠，在村子里是找不到的。我寄了一头给一个著名的生物学家，他对它发生了很大的兴趣。在我造这座房子的时候，有一头老鼠就在我的屋子下面做了窝；我楼上的地板还没有铺好，刨花还没有扫出去以前，每到午饭时分，它就到脚边来吃面包屑粒。也许它从来没有看见过人，我们很快就亲热起来，它奔过我的皮鞋，而且爬上我的衣服。它很容易就爬上屋侧，只几蹿就上去了——像松鼠，连动作都相似的。到后来，有一天我用手肘支在凳上，它奔上我的衣服，沿着袖子而下，在我盛食物的纸碟边，不断地打转；我把纸碟往身边一拖，不让它走近，一下子又推到它面前去，这样同它耍着玩。最后，我在拇指与食指之间，拈起一块乳酪来，它过来了，坐在我的手掌之中，一口一口地咀嚼，之后，它像苍蝇似的，擦擦脸，又擦擦前掌，扬长而去。

不久就有一只京燕来我屋上做窠；一只知更鸟在我屋侧的一枝松树上巢居着，求我保护。六月中，鹧鸪这样怕羞的飞鸟也带了她的幼雏飞过我的窗子，从我屋后的林中飞到我的屋前，像一只老母鸡一样，咯咯地唤她的孩子们，从她的行为看来，真是林中的老母鸡。你

---

① 皮尔贝(Pilpay&Co.)之流，为寓言作家。

走近了它们，母鸟发一个信号，它们就一哄而散，好像一阵旋风把它们吹走似的。鹧鸪的颜色又真像枯枝败叶，常常有些旅行家，一脚就踏在鹧鸪的幼雏中间，只见老鸟拍翅飞走，发出焦虑的呼号，扑扑地拍动翅膀，好吸引他的注意——此人怎能想到附近有这么一窠的小鸟呢？母鸟有时羽毛很不整齐在你面前打滚打旋子，以致你忽然看不出它是什么动物了。幼雏们静静地扁扁地蹲看，常常把头伸在一张叶子底下，什么都不管，只理睬母亲从远处投来的讯号，就是你走近了它们，它们也不奔走，因此也不会被发觉的。你的脚踩上了它们，眼睛还望了它们一会儿，可是你还不知道踩的是什么东西。有一次也是很偶然的，我把它们放在我摊开的掌中，而它们所服从的只是它们的母亲与自己的本能，因此它们只是照旧蹲着，不觉得恐惧，也不打抖，这种本能真是完美之至，我后来把幼雏又放回到树叶上去，有一只由于不小心侧着跌了下去，可是十分钟之后，我发现它跟别的几只雏鸟一样，好好地蹲着，鹧鸪的幼雏和别种鸟类的幼雏一样，它们鲜有毛羽不丰满者，它们比别种幼鸟发展得都更为成熟，甚至比雏鸡还要早熟。它们睁大了宁静的眼睛，表情显得很成熟，可是又很天真，你看见了，永远不会忘记。这种眼睛之中似乎反映着一切的知性，它们不仅表示出婴孩期的纯洁，还表示出给经验洗练出来的智慧。这样的眼睛不是鸟儿与生俱来的。它是与它所反映的天空同其久远。像它们眼睛一样的宝石，山林里还没有产生过？旅行家们也不常能看到这样一口清澈的井。无知的或是鲁莽的猎人时常在这种时候把母鸟射杀了，使这无告的一群幼雏成为恶兽猛禽的牺牲品，或逐渐地混入了那些和它们非常相似的枯叶，同归于尽。据说，这些幼雏要是给一只老母鸡孵出来，它们稍受惊慌，便一散而走，从此失踪，因为它们听不到母鸟召唤它的声音。这些便是我

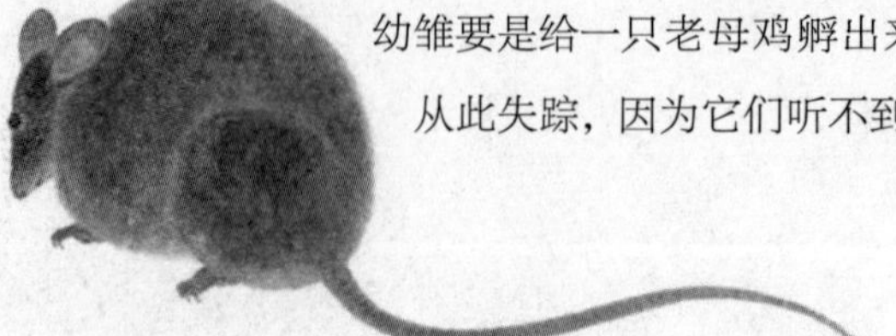

的母鸡和幼雏。

森林之中，有多少动物出没其间，它们的生活是秘密的，可是也是奔放而自由的；最值得称道的是：它们就在附近觅食为生，可是除了猎人之外，别人谁也想不到它们的存在。在这里，水獭过着如何僻隐的生活！它长到四英尺长，像一个小孩子一样大，可是也许从来没有人看见过它。在我屋子后面的森林中，我以前看到过一些浣熊，现在晚上似乎仍旧听到它们的嘤嘤之声。通常我上午栽种，中午在一个阴凉的地方休息一两小时，吃午饭，在一道泉水旁边读读书；那泉水是从我的田地半英里之外，勃立斯特山中流出来的，附近的一个沼泽和一条小溪的水源都出于此。到这泉水边去，得穿过一连串草木蓊蔚的洼地（那些地方长满了脂松的幼树），最后到达沼泽附近的一座较大的森林。林中某处有白松一棵，亭亭覆盖，阴翳浓密，非常僻隐，树下有一片清洁而坚实的草地，可以就座，泉水周围的土经我挖过，给我造成了一口井，井水呈灰色，可是不灭其清澈，即使把吊桶放下去打水，井水也不致混浊；仲夏之时，我几乎每天都在那边乘凉；湖边是太热了。非但我常来，山鹬带了它的一群幼雏也常到这里来，在泥土中翻寻蚯蚓；母鸟飞得很低，在土丘之下飞，离地不过一英尺，幼雏则排了队在下面奔跑。可是后来母鸟看见我了，她就离开她的幼雏，绕着我盘旋地飞，越来越近，在我身边只有四五英尺的距离，假装着断翅折腿的样子，好吸引我的注意力，让她的孩子们逃生；那时它们已经单行排列，轻轻细细地尖叫，照了母鸟的指示，通过了沼泽。或者可以这样说：我看不见母鸟在我身边飞的时候，我就听见幼鸟的细声。斑鸠也在这里的泉水上栖止下来，或者从头顶上白松树的一根柔枝，飞到另一根柔枝。红色的松鼠，从最近的桠枝上盘旋下来，特别地和我亲热，也特别地好奇，在山林中风景优美的地方，你只要时间坐得够长了，当地的禽兽居户就会轮流出来，摆样子给你看。

可是大自然并非全是一片升平气象，有时候我也看见一些比较不大和平的事情。有一天，我到我那一堆木料（或者说是一堆树根）去的时候，我看见两只大的蚂蚁在恶斗，一只是红的，另一只大得多，几乎有半吋长，颜色是黑的。它们一交手，就谁也不肯放松；挣扎着，角斗着，在木块上不断打滚。再望远一点看，我发现木片上到处有这样的战士，看来这不是决斗，竟是一场道地的战争，红蚂蚁总跟黑蚂蚁斗，时常还是两个红蚂蚁对一个黑的。在我放置木料的庭园中，高处低处却是这些玛密同大军①，地上满布了已死和奄奄待毙的蚂蚁，红黑都有。这是我所亲眼目击的唯一的一场战争，也是在激战正酣的时候，我曾经踏进的唯一的一个战场；这是一场惨烈的战争，红蚂蚁是共和派军队，黑蚂蚁是帝国派军队。两方面都奋身作殊死之战；虽然什么声音我也听不到，人类的战争从没有打得这样坚决的。本片堆中有一处阳光明亮的小山谷，我看见有两个战士正在抱住不放开，现在是正午，它们准备战到日落，或生命消逝为止。那红色的勇士，身材虽然较小，却像老虎钳似的，把仇敌的脑门咬住不放，一面在战场上翻身，一面咬住了对方一根触须的根，一瞬也不放松，另外一根触须早已给它咬断了；那黑蚁，体魄较为强壮，把红蚁提了起来，这边那边地乱撞，我走近去仔细一看，原来已经把红蚁的肢体咬残了好几处了。它们临敌不退的精神比斗犬还要厉害，没有一方面表

① 玛密同，希腊英雄阿基勒斯之部下大军称为"玛密同"。见荷马史诗《伊利亚特》。希腊联军攻特洛埃时，阿基勒斯曾因细故与统帅亚格曼侬不睦，"独自一个人在营帐里发脾气"，后其好友柏特洛克罗斯出战阵亡，阿基勒斯始奋发神威，击毙特洛埃之英雄海克托云。

示丝毫退却的意思。显然它们战争的口号是“不战胜，宁战死”。

正在那个时候，在山谷高处的边上，出现了一个孤独的红蚂蚁，显然是满怀激昂，要不是它已经解决了一个敌人，便是它还没有参加战斗；但是它的肢体仍是完整，想是尚未参加作战。它出战之前，它母亲想必曾经教训过它：假如不能带着盾牌胜利地回家，不如战死了，躺在盾牌上让人扛了回来得好①。它也许是一位阿基勒斯，独自一个的在营帐里发脾气，现在它出来搭救它的好友柏特洛克罗斯，或是替它复仇来了。它从远处望见了这强弱不等的战斗——因为黑蚂蚁身材大于红蚂蚁的一倍，它急急忙忙奔向前来，走到离开那些战士只有半吋之遥，它就摆好架子，跃跃欲试；最后，觑定了下手的机会，它就向一员黑色战士扑去，从它的前腿的根部，开始它的军事行动；敌人要向它身上那一部反噬，它也悉听尊便。三头蚂蚁纠缠一起决斗，双方的斗志好像是一种新发明的结合力，其力量之强大远在一切铁锁和水门汀之上。那时我想象：在形势比较高耸的木块上，双方一定各有军乐队，吹奏它们各自的国歌，激励落伍之士，同时替战死者歌颂；假如我真是发现了这种乐队，我也不会惊讶的。我真把它们当人看待，因此心里也相当激动。你越往这方面想，越觉得人蚁之间并无多少不同，无论从战斗人员的人数来说，无论是战场上所表现的爱国心和英雄主义上说，美国历史上至少我们康格人所记载的那一场战争，是决不能和蚂蚁之战相提并论的。论参战人员之众多与双方伤亡之惨重，这场战争俨然是奥斯特里茨之役，或特累斯顿鏖兵呢。② 康

---

① 据传说：斯巴达人好战，男儿出征时，其母必叮嘱，如不能战胜携盾回来，则当战死(卧于盾牌之上)，由人抬回。

② 奥斯特里茨之役，1805 年拿破仑大破俄奥联军于奥国之奥斯特里茨。特累斯顿在德国，1813 年，拿破仑与联军大战于此，双方死伤惨重。

格之战算是什么战争！ 爱国人士方面只有两人捐躯，受伤者仅一名，名曰路德·勃朗却尔特①。 这里每头蚂蚁都同我们的爱国志士波特立克一样，高声呼唤："开枪，为了上帝，大家开枪吧！"而成千成万的蚂蚁，都同我们那两位志士——台维斯和霍斯曼尔——一样，战死沙场了。 战士个个出于自愿，没有一个是雇佣兵。 我深信那些蚂蚁也是为主义而战，就同我们的祖先一样，并不是不愿意出那三便士的茶叶税。 这一场战争的结局，对于参战双方，一定关系重大，将要永志不忘，就像我们的彭克尔山之战②。

我把那上面所描写的木片拿了起来，连三只大战方酣的蚂蚁一起带进屋内，放在我的窗口，罩在一个大杯子下面，以便考察结局。 我用放大镜，先来看那最初提起的红蚂蚁，我看见它虽然把敌人剩下来的一根触须也已咬断，现在正猛咬它的左前腿，可是它自己的胸脯却完全给撕裂了，它的小脏小腑完全处于黑色武士的凶吻的威胁之下，而黑蚁的胸前铁甲甚厚，不是它所能击破；这头受伤惨重的蚂蚁，红黑色的眼珠发出凶光——只有战争才能激发出的凶光。 它们在杯子下面挣扎了半小时，我再去看的时候，那黑色战士已经把两个敌人都杀得身首分离，可是那两个头颅的生命显然并没有完全丧失，依旧紧咬不放，它身边两旁挂着两个头颅，好像马鞍边挂着两个可怕的首级。它自己的触须已经全部丧失，大腿也只剩一条了，遍体有数不尽的伤，它现在正用它微弱的力量，努力想把那两个头颅摆脱掉。 再隔了半小时之后，它总算把这件事做成。 我把玻璃杯掀开，它就在这种残

---

① 勃朗却尔特 Luther Blanchard，此处所指乃美国独立战争，美人拒缴茶叶税，与英军于康格首先开火。

② 彭克尔山 Bunker Hill，在波士顿。彭克尔山之战为美国独立战争中有名之一役（1775 年 6 月 17 日）。

废的状态下，爬过了窗楣，经过这场战斗之后，它是否还能活着，是否能在“荣军之家”消磨它残余的生命，我却不知道了。可是我想它以后所能效劳者也不会很多了。我也不知道究竟是哪一面战胜的，也不知道这场大战的起因为何，可是我看了那场大战之后，那天一整天，心里兀是紧张而难过，那场战争如此凶险，伤亡如此惨重，好像有千军万马在我门前厮杀过一样。

吉尔贝和斯班司①告诉我们：蚂蚁的战争很久以来就备受称道，大战的日期史册上也有记载，虽然据他们说：近代作家中目击过蚂蚁大战的，只有余贝②。他们说：“依易尼斯·薛尔维乌斯曾经仔细描写一场大蚂蚁和小蚂蚁之间的苦战，战事是在一株梨树干上发生的；此人于描写过后，接下还添注了这几句话：‘大战之发生，是在教皇攸琴尼斯四世治下，观战者是名律师尼拉斯·毕斯托利安西斯，他很忠实地把这场战争的全部经过转述出来。’大小蚂蚁之间还有一场类似的战争，乌拉乌斯·玛格纳斯曾记载其事，结果小蚂蚁战胜了，据说

① 吉尔贝(Willism Kirby)与斯班司(William Spence)曾合著《昆虫学》(An Introduction to Entomology or Elemeuts of the Natural History of Insects)，1818年伦敦出版。

② 余贝 Franscois Huber(1750—1831)，瑞士生物学家。

它们把自己的尸首埋葬了，可是它们的大敌人的尸首却暴露不葬，给飞鸟享受。这一场战事发生于克利斯蒂恩二世被逐出瑞典之前。”我所目击的那场战事发生于波尔克①总统任内，时维韦勃司特氏的“逃亡奴隶法案”通过之前五年也。

村子里的牛，行动颟顸，只配在储藏食物的地窖里追赶乌龟的，可是它们也常常会瞒着主人，到森林里来运用它们笨重肢体；它们也会嗅嗅狐狸的老窟和山拨鼠的洞穴，它们这样乱嗅乱寻，当然不会有什么结果；引牛入林的向导，恐怕是一些瘦细的恶狗，恶狗身材灵活，经常在树林里穿来穿去，林中鸟兽对它们自然有一种恐惧。现在那头牛老远地落在向导的后面了，有一头松鼠，看见它来了，就爬到树上去，对它细细地看着，它则像一头狗似的，对着松鼠狂吠；吠毕之后，它然后以轻快的步伐跑开，那笨重的躯体把树枝都弯倒了，它自以为在追踪一些迷了路的跳鼠。有一次，我很惊奇地发现了一只猫，在湖边的石岸上散步，猫是难得离家走出这么远的。猫看见了我，也有惊奇之感。然而，就是最驯服的猫，整天都躺在地毡上的，一进森林，也好像回到老家了；从她那偷偷摸摸狡猾的行动上看来，她是比那些土生的森林禽兽，更能适合荒野的环境。有一次我在森林

① 波尔克 James K. Polk，美国第十一任总统。

里采集苹果，我遇见一头猫，还带领了她的小猫，全是野性未驯的；它们母子一群，个个弓起了背，凶恶地向我吐口水。在我迁入之前不多几年，在林肯①那儿的湖边，吉利安·培克先生的田庄内，有一只所谓“飞猫”。1842 年 6 月，我专程去拜访它（我不能确定这头猫是公的还是母的，但是猫儿用女性代名词代表，似乎比较普通一点），可是那飞猫照例“飞”到林中去猎食，据女主人说，这头猫是一年多以前，在四月间，来到这儿附近的，后来他们家给收容了。猫身深棕灰色，咽喉上有个白点，脚也是白的，尾巴很大，蓬松松的，像狐狸。到了冬天，毛越长超浓，向她身傍两侧平扁地伸出，形成了两条十至十二吋长，两吋半阔的带子；在她下巴底下，毛长成了一个毛手筒，上面的毛比较松，下面的却像毛绒一样结叠着；到了春天，这些附属物就落掉了。她的“翅膀”，他们给了我一对，我至今还保存着，上面似

① 林肯，美国地名林肯者甚多，此处当指麻州之小镇林肯。

乎并没有膜。有人以为，这猫的血统一定有一部分是飞松鼠，或者是另外什么野兽；这并非不可能的，因为据生物学家说，貂和家猫交配，可以产生许多样的杂种。如果我养猫的话，这种猫对我是最合适了；

因为诗人的马既然插翅能飞①，
他的猫为什么不能飞呢?

秋天里，潜水鸟来了，照常在湖里褪毛并洗澡，我还没有起身的时候，森林里已传响了它奔放的笑声。一听到它已经来到，磨坊水闸附近的猎人全部出动，有的坐马车，有的步行，三三两两，带着猎枪、子弹还有望远镜。他们在树林里走过，飒飒地响，像秋天的树叶一样，一只潜水鸟至少有十个猎者。有的放哨在湖岸这一边，有的站岗在湖岸那一边，因为可怜的潜水鸟不能够四处同时出现；如果它从这里潜水下去，它定要从那边起来。可是十月的秋风，忽然吹起来了，给鸟很大的帮助；树叶吹得飒飒地响，湖面吹起了波纹，潜水鸟的敌人尽管用望远镜扫视水面，他们的枪声尽管在林中震

① 希腊神话中飞鸟之归所蹴之处，诗人之灵泉汩汩而出。

荡，但是鸟儿的踪迹不见，鸟儿的声息也听不到了，水波大量涌起，冲击着湖岸，毅然为一切水鸟尽起保护的责任，我们的猎人只得空手回到镇上店里，干他们未完成的事务了。但是他们总是得手的时候多。黎明我到湖上汲水的时候，我常常看见这种姿态堂皇的鸟，从我所处身的湖湾游出，距离不过数竿①。如果我想看它如何活动，驾船追上它，它总是潜下水去，全身消失，一直到当天下午方才再现身相见，可是假定它不潜下水去，在水面上我是对付得了它的。它常常在一阵雨中飞去。

有一天十月的下午，微风不兴，水波平静，我在湖的北岸划船，这种日子，潜水鸟常常像乳草的柔毛一样，浮游在湖面之上，可是那天我四处观望，一头潜水鸟也没有看见，突然间却有一头，从湖岸出来，向湖心游去，只在我面前几竿之遥，狂笑一阵，让我注意了，我划桨追去，它潜入水中，等它冒起来的时候，我和它愈加接近了。它又潜入水中，可是我把方向估计错误了，这一次它再冒起来，我和它之间，已经相隔五十竿了。距离这样的拉长，是我自己造成的，它又大声哗笑了半天，这次当然笑得更有理由了。它载浮载沉，身段矫捷，我想尽办法，也划不到距离它五六竿的地方。每一次它冒到水面上来的头忽左忽右地转，它显然正在冷静地考察水陆的形势，它正在替自己挑选一条航线，使它下次冒出水面时，恰巧正是水面最为宽阔、距离我那小船最远的地方。惊人的是：它运筹决策，费时极短，而实际运用时，又决不三心二意。它很快地把我诱入湖面最宽阔的地方，我再也没有办法把它驱回到湖边上去了。它在脑中盘算的时候，我也极力在测度它的思想。这真是一局大好的棋局，在波平如镜的湖

① 竿(iod)，英国长度单位，一竿之长抵十六英尺半，约5米。

面上，一人一鸟正在对弈。突然敌方把棋子下在棋盘底下了，问题是你得猜它下次在什么地方出现，你的子也得下在离它最近的地方。一下子它在我对面升起来了，显然是在我船底下穿过的。它的一口气真长，它又不知疲倦，它潜游了很长的一段距离，可以毋须喘息地又钻到水底下去了，湖水既深，湖面又平，它在水底能够急泅如鱼，任你智慧再高，也猜不透它游到什么地方去了；因为湖底下不论多深的地方，它都毋须换气，任意遨游。据说在纽约州的湖中，深入十英尺的地方，它会给捕鲈鱼的钩子钩住的，然而瓦尔登之深，决不止八十英尺的。水底群鱼看见这一位怪样怪状，从另一个世界降来的不速之客，居然在它们之中急速游过，我想它们一定要惊奇不置的。然而它在水底和水面上一样能认路，而且可以游得更快。有一两次，我看见它接近水面时激起的水花，刚把脑袋探出来观察一下，立刻又潜没了。我觉得与其估计它下次出现的地点，反不如停下桨来，等它自行出水；因为一次又一次，当我向着某一个方向望穿秋水地观望时，它在我身后忽然一声怪笑，害得我吃了一惊。可是它既然如此狡猾，出没无常，为什么每次钻出水面，一定要高声大笑，使得自己形迹败露呢？难道说它的白色的胸脯，还不够使它被人发现吗？我想它真是一头呆鸟，它出水的时候，我通常总听得见它拍水的声音，因此总能侦察出它的所在。可是，这样玩了一个小时，它的生气勃勃，不减当初，潜水时兴高采烈，游泳愈游愈远。它钻出水面时，胸羽一丝不乱，又游开去，其神态之庄严真叫人吃惊，它是在水底下就用自己的脚蹼把胸上的羽毛抚平的。它通常的声音是这一种恶魔般的狞笑，多少和一般水禽有类似之处；但是有时候它的鸣声很是特别，每当它很得心应手躲到老远再钻出水面时，它就发出一声长长的怪叫，不像鸟鸣，简直是像狼嗥：就像是一只野兽，嘴咻咻地啃着地皮故意发出来的呼号。这是它的特征，这一带所能听到的声音，要以潜水鸟的怪叫最为粗犷，其声远播，整个森林都受到震动。我相信它是用笑声来嘲笑我的无用，同时得意洋洋地夸示自己的足智多谋。此时天色虽然阴沉，湖面却很平静，即使我在听不见它叫声的时候，仍旧看得见它钻出水面的行功。它的胸毛雪白，空气静寂，湖水平静，使它无所遁形于天地之间——这一切本来是都于它不利的。最后它又冒出水面，离开我约有五十竿之遥，它忽然又发出一声长嗥，仿佛它在召请潜水鸟之神，出来援助它；立刻，东方吹来了一道风，吹皱了湖水，天地间都是迷迷濛濛的雨点；我觉得印象深刻极了，似乎潜水鸟的召唤已经得到了响应，它的神已经生了我的气。于是我离开了它，让它在汹涌的波浪上任意远飏。

秋天里，我常常花几个钟头，观察那些野鸭如何狡猾地在湖里忽东忽西地游来游去，它们始终在湖的中央，跟猎人离得很远。以后它们飞到南部去，在路易西阿那的河汊里，大约不必要这样的操演阵势的。它们必须起飞时，一定也在湖的上方相当的地方，盘旋不已，像是天空中的黑点。它们从这样的高度，想必很容易看到别处的湖沼和河流；可是当我以为它们早已飞向远处去的时候，它们却突然之间，斜飞而下，飞了约有四分之一英里的光景，又降落在湖心一处比较不受人惊扰的地方。它们飞到瓦尔登湖的中心来，除了为了安全起见，还有没有别的目的呢？这个我不知道，也许它们也有和我同样的理由，深爱着这片湖水吧。

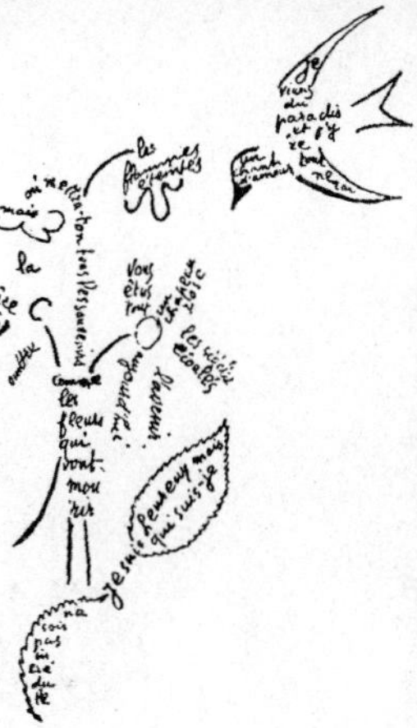

论　美

爱默生

大自然除供给人类衣食之需之外，复满足了一种更高贵的要求——那就是满足了人类爱美之心。

古希腊人称“世界”为“科士谟士”[1]，意思就是“美”。万物之本性果真奇妙，或者可以说，人类独具只眼，能够构形绘影，因此，自然界一切基本形体，如天空、如山丘、如树木、如鸟兽，看了都叫人觉得可喜；此种可喜并不凭借外物，也不因其有任何实用目的，只是就万物的线条、色彩、运动与排列看来，都可使人怡情悦性。此事部分的原因，大约是由于我们的眼睛。眼睛者，世界第一号画家也。眼睛特殊的结构，配合了光学的法则，相互为用，乃产生了所谓“透视”。因此任何一组物体，不论其为何种物体，我们一眼望去，都觉得色彩分明，明暗之层次井然有序，前前后后，全部似乎成为一个球体；个别的物体也许恶劣毫无动人之处，但一经组合，就成为对称而完整的景致。故构图之巧，莫过于人目；而设色敷彩之妙，则尤赖光

[1] 科士谟士(Cosmos)原有“秩序”与“装饰”之意。

线。不论任何丑恶物体，在强烈光线之下，都成美景。光线不但刺激视觉，而且光线同空间时间一样，有一种弥盖一切的性质，所以光明使得任何东西都显得快乐。即使丑恶如死尸，也有其美的一方面。自然界全体都在“美”的笼罩之下，但以个别物体而论，几乎没有一样不是悦目赏心的，如橡实、如葡萄、如松果、如麦穗、如蛋、如大多数鸟类的翅膀和形体、如狮爪、如蛇、如蝴蝶、贝壳、火焰、云朵、蓓蕾、树叶以及橡棕榈树等的各式树干，我们的艺术创作，不断地以它们为模仿，把它们认作“美”的模型。

为更进一步认识起见，我们可以把自然之美，分作三方面来讨论：

一、自然万物的形体，以无我的直觉观之，都是可喜的。自然界的种种形体和种种活动的影响，对于人生都是必需的，就其顶粗浅的作用说来，似乎只限于实用的审美的两者之间的范围。人假如朝夕营营，为俗务所累，或者惯与俗人交游，觉得身心受到束缚，一旦回到自然界去，自然就可以发挥它医疗的妙用，恢复身心的本来真如。商人和律师走出纷扰的市街，搁下处世的机心，抬头看见天空树木，就会觉得他的人性又恢复了。在自然界永恒的寂静之中，他悟到了自己的本来面目。我们如要保持眼睛康健，视野一定要广阔。只要我们的眼睛能看得远，我们就永远不会疲倦。

但是即使在我们并不觉得疲倦的时候，自然也总是悦目赏心的；我们之喜欢自然，和我们的身体所感受的实惠无关。从我家外面的山顶上向外望去，从日出到日落，每天美景不断，我飘飘然的出世之感，大约天使所感觉到的也不过如此。条条纤云在绛色霞光中飘荡，如海中游鱼一般。我从地上望去，好像是从岸上遥望寂静的大海。天色瞬息变幻，我似乎也参与其事；自然界生动的魔力，接触到我的四肢百骸；我觉得我的生命扩张，同朝风混成一片。自然界用些许简单的风云变幻，竟然就使我们有超凡入圣之感！我只要有健康的身体和自由自在的一天光阴，我就可使帝王的赫赫威严为之黯然失色。朝霞灿烂如锦，那就是我的亚述帝国；夕阳西落，明月从东山顶上升起，那就是我的百福赐①和不可思议的仙子之乡；昊昊阳午，那就是我的英国——常识和理智的故乡；神秘的黑夜就是我的德国——神秘哲学和梦想的国土。

昨日黄昏，我又观赏了一次日落美景，时虽冬令正月，但景物不减春秋，只是下午人的灵智不顶清明罢了。西方云散，纷纷化为绛色碎片，其色调之柔和，非言辞所可表达；空气清新，充满了活力，

① 百福赐(Paphos)赛普鲁斯岛上之古城，以崇拜维纳斯神著称。

回到屋子里来，真成了受罪。大自然有什么话要对我说吗？磨坊后面的山谷，安闲中有无限生机，虽荷马或莎士比亚重生，也不能将它化为文字——这里面难道没有意义吗？霞光照处，秃树皆熠熠如尖塔着火，东方一片蔚蓝，成为极妙的背景；花朵谢落，然点点犹如繁星；败枝残干，风霜之迹斑斑——这一切都构成了我面前无声的音乐。

久居都市之人，总以为乡间景色，只有半年可观。我独对于冬日风光，亦有癖好；夏日气候温和，风光固然明媚，然而冬天肃杀之气，未尝没有动人之处。对于有心人说来，一年四季无时无刻没有它的美处，乡间一角，景色时时变换；这一个钟头所看见的，以前从未经见，以后再也不会见到的了。天色刻刻变换，其光暗明晦，就反映在下界大地上。四周田亩中的五谷，自萌芽及于成熟，每星期景况不同，大地也因此每星期换一番面目。牧场上，官道旁，野草杂树，四季代谢，宛然替大自然摆下一架无言的大钟，假如观察的人目光锐利，非但可以看见四时更替，而且还可以看出一天的朝夕变化，十二时辰的运行呢。植物兴衰，固然系于时令，鸟群虫群的出没，又何独不然？可是一年四季里头，总有地位给它们安插罢了。水涯河上，变化之迹更为显著：以七月为例，河中水浅之处，丛生的梭子鱼草蓝花盛开，黄色蛱蝶，蹁跹不断，飞翔其间，与水光相掩映。满眼金紫之色，其富丽堂皇，决非画师所能描绘。清溪一曲，其风光旖旎，四时不辍，每天好像都是令节佳日，每月都有新的点缀。

可是凡是耳目所能辨认出来的美，只是自然之美的最低的部分。一天阴晴的变化，多露的早晨，虹彩与星星，青山一抹，桃李满园，碧潭疏影等等美景，假如求之过切，反而只成了皮相之美，美景犹如幻景，看者未免扫兴。步出斗室以望月，月亮只像一面铜盘，你不会感觉到征程旅人偶然发现月色照人时的那一种快乐。十月下午那种金光闪闪的美，谁能把握得住呢？你若出去找寻它，它就化为乌有了，你从公共马车窗外望出去，秋日美景就只成了过眼云烟。

二、完满无缺的美一定有一种更高贵的精神的因素。高尚神圣的美，与纤巧之美不同，它是和人类善恶之念相配合的。“美”者乃是“善”的标记，这是上帝所特定的。凡是顺乎自然的行动就是美的，慷慨激昂的作为，一定也合乎人情，而使发生那事情的地点以及旁观者，都蒙受光荣。圣贤豪杰的所作所为，都是给后世的一种教训，我们因此知道：宇宙者是人人的产业，每个圆颅方趾之人都可以拿六合之内，认作是自己的祖业，或者是自己的妆奁。他想有的话，一伸手就拿得过来。他可以自暴自弃，放弃自己的财富，他可以偈促一隅，丢弃自己的江山，这种不长进的人世界上也很多，但是根据道理说来，天下是属于圣贤豪杰的。萨拉斯脱①说：“凡人所耕之田，所造之屋，所航之船，皆惟善是从。”吉朋②说：“顺风顺水都是帮助顶能干的航海家的。”日月星辰又何独不然？一件惊天地泣鬼神的壮烈事迹可能发生在名山大川之地，李奥尼达斯③和他的三百烈士于一天之内成仁。这一天里，他们在塞默披里羊肠小径狭谷里的壮烈牺牲，惊动了太阳，也惊动了月亮。温克尔李特④在阿尔卑斯山高峰，冰川崩腾

① 萨拉斯脱（前86—前34），罗马历史家。著有《卡蒂林叛国史》（*The Conspiracy of Catiline*），所引句见该书第二章。

② 吉朋（1737—1794）见所著《罗马衰亡史》第六十八章。

③ 李奥尼达斯，斯巴马达国王，于公元前五世纪率少数军队抵抗波斯二百万大军于赛默披里峡谷。

④ 温克尔李特 Arnold von Winkelried，瑞士军人。据传说，1386年，奥军侵瑞士，温克尔李特只身挡奥军之长矛部队，中矛无算，而奥军阵容亦乱。

威胁之下，一身中无数奥军的矛枪，密如猬刺，为的是要替他的同志们突破奥军的防线——这些英雄们是不是把壮美的景色引进他们壮烈的事迹里去了吗？ 哥伦布的帆船驶近美洲海岸的时候——在船的前方是从茅屋里纷纷奔跑出来，排列成行的土人，船后是大海，四周印地安群岛的紫峰环立——我们能不能把哥伦布这个人同活生生的景色分拆开来呢？ 新世界的棕榈树林和热带草原是不是替他披上一件顶合身的锦袍呢？ 大自然的美总像空气一样，在不经不觉中和壮烈的事迹打成一片。 亨利范爵士[①]为维持英国法律的尊严，被国王判处死罪，当他坐了雪橇上古塔山上慨然受刑的时候，旁观群众中有一个人对他叫道："你现在这辆雪橇是你一生最光荣的宝座。"英王查理二世为了要

① 亨利范爵士(Sir Henry Vane)(1639—1683)，英国政治家，为查理二世判处死刑。

杀一儆百，在爱国志士罗素勋爵①上法场之前，先叫他坐了敞篷马车在伦敦大街上周游一番。可是据替他写传记的人说：“道旁的群众看见自由之神和正义之神就坐在烈士的身旁。”不论在穷乡陋巷，不论环境如何湫隘，人如有发扬真理的举动，豪迈慷慨的行为，立刻可以化天地为庙堂，引日月为香烛。人的心胸如能和自然同其伟大，自然就可以将人援引高升，使他“德参天地”。自然为人的脚步布下玫瑰和紫罗兰，宏伟的山水，优美的草木，她都欣然地用大地替她的轿子作为装饰品。图画的框子早已存在，人的思想行动就是一幅图画，唯有伟大的图画，才能配这副伟大的框子。德行高超的人不但和自然万物混为一体，而且他也是六合之内的中心人物。我们如想起希腊的风土，也必然联想到荷马、品达②、苏格拉底、福锡安③等等人物。而耶稣的人格，更是与天同广，与地同厚。且不说这些过去的人物，即使和我们日常相处的人之间，假如有谁性格坚毅，或者才气纵横，我们也会注意到这种人有役使万物之能——他周围的人，当时的舆论，时代的潮流，以及自然界的一切都是听命于他的。

三、自然界之美还可以从另外一个角度来看，那就是它可以用理智来研究自然界万物同道德固然有关系，但是同思想也是结了不解缘的。万物在上帝的心灵中自有其固定的秩序，人可以抛弃了情感上的好恶，直接用理智来探讨。人的思考能力和活动能力似乎是互相交替的，纯然的思考产生纯然的活动，纯然的活动也产生纯然的思考。两者微有抵触之处，但是它们同动物的进食和工作两段时间互相交替一样，后者接续前者，但是前者也为后者的准备。我们前面已经讨论

① 罗素勋爵(Villiam, Lord Russell)(1639—1683)，亦为英国政治家。

② 品达，公元前6世纪希腊抒情诗人。

③ 福锡安(Phocion)(前402—前318)，雅典政治家兼大将。

过，美同行动的关系是不求而自生的，惟其不求而自生，行动过后，美仍保留，作为理智方面思考和研究的对象，思考和研究过后，美仍旧可以激发行动。凡是神圣的东西决不死亡，“善”一定是生生不息的。自然界的美在人心中转化为思想，但是思想不是徒然的冥想，思想必有结果——思想是新的创造的准备。

自然界的美，人类多少都是能感受的，有些人不仅感受而已，还可以大有喜悦之感。爱美之情，是谓“趣味”。还有些人爱之不已，觉得单是欣慕，犹有不足，进而创造新的形式，把美纳入其中。美之创造，是谓“艺术”。

美术品的创造，实可解释人生之一谜。美术品是宇宙的精华，也是世界的缩影，它是自然界所产，也是自然界具体而微的表现。自然万物，虽然品类众多，参差不一，但是根据它们而产生的艺术，或者它们在艺术上面的表现，却是单纯齐一。自然界形形式式，根本上却别无二致，实际上可以说只是一种形式。一片树叶，一道阳光，山水海洋，虽景物不同，然而它们在我们心灵上并没有造成不同的印象。它们的共同之处，是完整，是和谐，也就是美。美的标准是自然的全体，也是自然界各种形式的总汇，意大利人替“美”所下的一个定义，最富哲理，他们说“美”就是“一中见多”。单独而论，没有一样东西可以算是美，就全体观之，没有一样东西是不美的。一件物体如能称得上美，一定是小中见大：它可以反映宇宙全体的美。诗人、画家、雕刻家、音乐家、建筑师其道各各不同，但是他们只是用不同的方式，将宇宙的光彩集中于一点，他们的创造，是受爱美之情的激发，他们的作品，就是要满足心灵上的爱好。所以艺术者，是自然之美经过人心提炼后的产物。人心有感于万物之美，自然界乃借艺术家的灵魂，作第二步的创造，是为艺术。

所以宇宙的存在，是要满足灵魂上爱美的欲望。这是宇宙终极的目的，因为无人能问也无人能解释：灵魂为什么要追求美。从最广和最深的意义上说来，美是宇宙的一种表现。上帝是至美，真善美三者，只是一个本体的三个方面的表现而已。可是自然界的美并非无上法门，它本身并不是充实圆满的“善”，它只是为内在的永恒的“美”作先导而已。我们可以把它看作是全体中的一个部分，宇宙另有其根本的原因，其表现的方式众多，自然界的美也不是它终极的或是最高的表现。

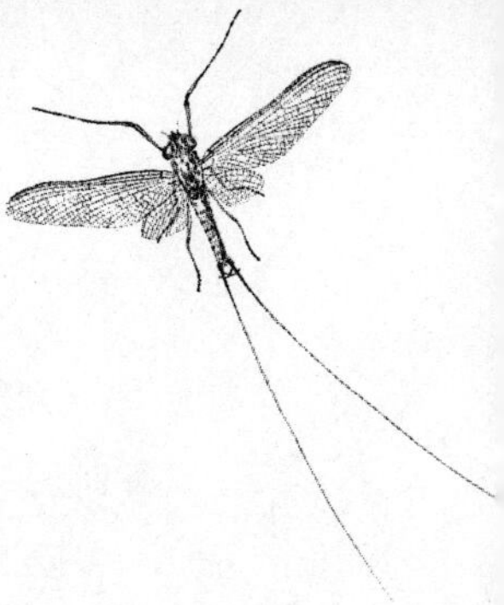

蜉蝣:人生的一个象征

富兰克林

我亲爱的朋友[1]，上次在芍丽磨坊[2]举行游园会的那天，我们玩得很痛快。那天良辰美景，到会者个个是风雅仕女，可是你也许还记得，我们在散步的时候，我曾经在路上停留了一会，落在大家后面。原因是园里有很多蜉蝣的残尸——所谓蜉蝣，是苍蝇一类的小昆虫——有人指给我们看了；而且据说它们的寿命很短，一天之内，生生死死好几代就过去了。我听讲之后，信步走去，在一片树叶上面，发现了这种小虫，有一群之多。它们似乎在讨论什么东西——你知道我是善知虫语的；我和你往来这么久，可是你们贵国美妙的语言[3]我学来学去始终进步很少，我如何能替自己解嘲呢？只好说我研究虫语用心过度了。现在这批小虫在举行辩论，我好奇心动，不免凑上前去偷听一番；可是虫虽小，它们的心却大，开起口来，都是三四个一起

---

① 好朋友即本文最后一段白夫人(Madame Brillon de Jouy)，白夫人年轻貌美，富兰克林驻法期间，与白夫人过往甚密。

② 芍丽磨坊为一英国式花园，位于塞纳河的一个小岛上。

③ 白夫人是法国人。富兰克林的法文，文法准确，而韵味不够，白夫人时时替他修正。

的，因此听来很不清楚。偶尔断断续续也可听清一两句，原来它们正在热烈讨论两位外国音乐家的优劣比较——那两位，一位是蚋先生，一位是蚊先生①；讨论得非常之热烈，它们似乎忘记了“虫生”的短促，好像很有把握可以活满一个月似的。你们多快乐呀，我这么想，你们的政府一定是贤明公正，宽仁待民的，你们没有牢骚可发，你们也用不着闹党派斗争，你们竟有闲情逸致在这里讨论外国音乐的优劣。我转过头来，看见另一片树叶上有个一头白发的老蜉蝣，它正在自言自语。我听得很有趣，因此把它笔录下来。我的好朋友的深情厚意，我已领受很多，她的清风明月的风度，她的妙音雅奏，一向使我倾倒不已，我这一段笔记，无非博她一粲，聊作报答而已。

老蜉蝣说道：“我们的哲人学者，在很久很久以前，以为我们这个宇宙（即是所谓芍丽磨坊），其寿命不会超过十八小时的。我想这话不无道理，因为自然界芸芸众生，无不倚赖太阳为生，但是太阳正在自东往西地移动，就在我的这一生，很明显的太阳已经落得很低，快要沉到我们地球尽处的海洋里去了。太阳西沉，为大地周围的海洋所吞，世界变成一片寒冷黑暗，一切生命无疑都将灭亡，地球归于毁

① 文本作于1778年。时巴黎爱好音乐人士分两派，旧派拥护意大利的毕契尼(Puccini)，新派拥护德国的格鲁克(Gluck)。

灭。地球的寿命一共十八小时，我已经活了七个小时了，说起来时间也真不少，足足有四百二十分钟呢！我们之间有几个能够如此克享高寿的呢？我看见好几代蜉蝣出生、长大，最后又死去。我现在的朋友只是些我青年时代朋友的子孙，可是他们本身，咳，现在是都已不在‘虫世’了。我追随他们于地下的时候也不远，因为现在我虽然仍旧步履轻健，但天下无不死之虫，我顶多也只能再活七八分钟而已。我现在还是辛辛苦苦地在这片树叶上搜集蜜露，可是这有什么用呢？我所收藏的，我自己是吃不到了。回忆我这一生，为了我们这树丛里同胞的福利，我参加过多少次政治斗争；可是仅有法律而无道德配合，政治仍旧不能清明，因此为了增进全体蜉蝣类的智慧，我又研究过多少种哲学问题！‘道心惟微，虫心惟危’，我们现在这一族蜉蝣必须随时戒慎警惕，否则一不小心，在几分钟之内，就可以变得像别的树丛里历史较为悠久的别族蜉蝣一样，道德沦亡，万劫不复！我们在哲学方面的成就又是多么的渺小！呜呼，我生也有涯而知也无涯。我的朋友常常都来安慰我，说我年高德劭，为蜉蝣中之大老，身后之名，必可流传千古。可是蜉蝣已死，还要身后名何用？何况到了第十八小时的时候，整个芍丽磨坊都将毁灭，世界末日已临，还谈得上什么历史吗？”

我劳碌一生，别无乐趣，唯有想起世间众生，无分人虫，如能长寿而为公众谋利者，这是可以引为自慰的；再则听听蜉蝣小姐蜉蝣太太们的高谈阔论，或者偶然从那可爱的白夫人那里，得到巧笑一顾，或者是清歌一曲，我的暮年也得到慰藉了。

美腿与丑腿

富兰克林

世界上有两种人，他们的健康、财富以及生活上的各种享受大致相同，结果，一种人是幸福的，另一种却得不到幸福。他们对物、对人和对事的观点不同，那些观点对于他们心灵上的影响因此也不同，苦乐的分野主要的也就在此。

一个人无论处于什么地位，遭遇总是有顺利有不顺利：无论在什么交际场合，所接触到的人物和谈吐，总有讨人欢喜的和不讨人欢喜的；无论在什么地方的餐桌上，酒肉的味道总是有可口的也有不可口的，菜肴也是煮得有好有坏；无论在什么地带，天气总是有晴有雨；无论什么政府，它的法律总是有好的，也有不好的，而法律的施行也是有好有坏。天才所写的诗文，里面有美点，但也总可以找到若干瑕疵。差不多每一张脸上，总可找到优点和缺陷，差不多每一个人都有他的长处，也有他的短处。

在这些情形之下，上面所说两种人的注意目标恰好相反；乐观的人所注意的只是顺利的际遇、谈话之中有趣的部分、精致的佳肴、美味的好酒、晴朗的天气等等，同时尽情享乐。悲观的人所想的和所谈的却只是坏的一面。因此他们永远感到怏怏不乐，他们的言论在社交场所既大煞风景，个别的还得罪许多人，以致他们到处和人格格不相入。如果这种性情是天生的，这些怏怏不乐的人倒是更堪怜悯。但那种吹毛求疵令人厌恶的脾气，也许根本从模仿而来，于不知不觉中养成了习惯。假若悲观的人能够知道他们的恶习对于他们一生幸福有如何不良的影响，那么即使恶习已经到了根深蒂固的程度，也还是可以矫正的。我希望这一点忠告可能对悲观的人有所帮助，促使他们去除恶习；这种恶习实际上虽然只是一种态度，一种心理行为，但是它却能造成终生的严重后果，带来真的悲哀与不幸。他们得罪了大家，大家谁也不喜欢他们，至多以极平常的礼貌和敬意跟他们敷衍，有时甚至连极平常的礼貌和敬意都谈不到。他们常常因此很气愤，引起种种争执。他们如想地位改进或财富增加，别人谁也不会希望他们成功，没有人肯为成全他们的抱负而出力或出言。如果他们遭受到公众的责难或羞辱，也没有人肯为他们的过失辩护或予以原谅；许多人还要夸大其词地同声攻击，把他们骂得体无完肤。如果这些人不愿矫正恶习，不肯迁就，不肯喜欢一切别人认为可爱的东西，而总是怨天尤人，为一切不可爱的东西自寻烦恼，那么大家还是避免和他们交往得好；因为这种人总是和人难以相处，一旦你发觉自己被牵缠在他们的争吵中时，你将感到很大的麻烦。

我有一位研究哲学的老朋友，由于饱经世故，时时谨慎、留神，避免和这种人亲近。他像一般哲学家一样，备有一具显示气温的寒暑表，和一具预示晴雨的气压计；但什么人有这种坏脾气，世界上还没有人发明什么仪器，可以使他一看便知，因此他就利用他的两条腿：一条长得非常好看，另一条却因曾逢意外事件而呈畸形。陌生人初次和他见面，如果对他的丑腿比对他的好腿更为注意，他就有所疑忌。

如果此人只谈起那条丑腿，不注意那条好腿，这就足以使我的朋友决定不再和他作进一步的交往。这样一架大腿仪器并非人人都有，但是只要稍为留心，那种有吹毛求疵恶习之流的一些行迹，大家都能看出来，从而可以决定避免和他们交往。因此，我劝告那些性情苛酷、怨愤不平，和郁郁寡欢的人，如果他们希望能受人敬爱而自得其乐，他们就不可再去注意人家的丑腿了。

written off
and
account closed
ΑΩ
FINIS

民主教育

杰佛逊

修正宪法之目的之一为积极推广民众教育。此案建议将每郡划分为五平方英里大的若干小区，称为百家村，每村设立一所小学，教授读、写、算三课。教师由村民供养，村民都有权送子女入小学读书，为期三年；三年之后，学生如缴付学费，可以继续深造。各村小学之上，设有学监一位，司督导之事，每年各小学中天赋最好而家境清寒、无力升学的孩子，由学监选拔，送入中学。预计全州各地，分设中学二十所，中学课程有希腊文、拉丁文、地理与高等数学等。每年所选送的孩子，在中学试读一年或两年后，再从其中挑选天资最好的让他继续攻读六年，其余的退学。依照这个办法，每年有二十位天资最好的孩子可以脱颖而出，进入中学，免费读毕中学课程。读完六年之后，其中有一半将辍学（此种毕业生可出任中学教员）；另一半才能优异品性纯良的学生，可获选送入“威廉与玛丽学院”深造，继续进修三年，研读他们自己所选择的学科；该院已预定扩大计划，增添一切有用的学科，详情尚待以后分述。这一套教育制度的最后结果，是使全州的儿童都有学习读、写和普通算术的机会；每年将有十名天资较优的学生，受过希腊、拉丁文、地理和高等数学的良好教育；每年另有十名更为优异的学生，视各人的资质继续进修。同时，学校添设之后，小康之家可以选择学校，将子女送入合宜的学校。订立这条法律的主要目标，在于普及教育，使它能适应每个人的年龄、才能和处境，并指引他们走向自由与幸福的道路。

详细的章则不宜在法律中规定。这应该是那些学监的事，他们是负责经办的人员。这种教育制度的第一阶段是百家村的小学。民众自幼接受教导；国家的未来秩序即奠基于此。我们不预备把《新旧约全书》拿给小孩去读，学童年龄尚幼，他们的脑筋还不足以了解宗教问题，但他们的记忆力已可能容纳希腊、罗马、欧洲和美国历史上许多最有用的事实。有关道德的基本要素也可以灌输入他们的心中；例如，当他们的判断力因受启发而趋坚强之后，就可教导他们应该如何去获致他们一生的最大快乐；他们可以知道，快乐并非由机运所造成的生活状况所决定，快乐的来源是正直的良心、健康的身体、有为的事业和追求一切正当目标的自由。那些因家境许可而得升学，或被政府选拔保送升学的孩子，进入中学，攻读外国语文，这就是我们教育的第二阶段。我听说欧洲学校正在废弃希腊文和拉丁文两项课目。我不知道他们的习俗和职业所要求的是什么，但假如我们径行仿效，那将是不智之举。人生中有一个阶段——自八岁至十五岁或十六岁——身心都还没有坚实，不宜从事辛苦和精细的工作。如果硬要他们去做的话，他们将因操劳过早而贻误终身。这些年轻而稚嫩的心灵，最初会幻觉自己已成大人，虽然他们事实上还是个小孩；结果，当他们应该做大人的时候，却觉得自己还是个小孩。人在少年时期，记忆力最为敏锐，凡所学习最易留下深刻的印象；而学习语文主要是靠记忆，因此以这个阶段的智能，用以学习现代与古代最有用的语文，最为适合，而且此一阶段的时间也是够长的。我并不认为语文是科学。它只是研究科学的工具，是未来工作的准备，为求得工具所花费的时间决不是白费的；我们的语文课本，除了为研究科学的准备以外，更可善选教材，俾在学生的心头，印上有用的事实和正确的原理。假如把这段时期游手好闲地虚度过去，心灵就会变得萎顿无力；如果在这同一时期，身体不从事运动，那么也会变得衰弱的。身心两方在成长、壮大和衰退期间交互感应是极有规律，我们从一方面推论至另一方面，决不会有什么错误。那些孩子一到相当年龄，中学毕业，他们就可以升入大学，研读和各人志趣相近的学科，这就是我们教育的第三阶段，也就是最后阶段。

我们的教育计划规定要从贫苦阶段中挑选天才青年，我们希望借此能使那些天才为国家所用。穷人家里和富人家里一样有天才，不把他们找出来加以栽培，天才就被埋没了。但这条法律所含最重要而最正当的目的，是使人民对于他们本身的自由得到可靠的保障，他们终究是本身自由的保卫者。为此目的，当他们在第一阶段接受基本教育时，其读物将如上述那样以历史为主。因为鉴往可以知来，读历史的人必能利用别的时代和别的国家的经验，用以判断未来；他们能够判断人类的行动和企图；他们能够窥破藏在各种伪装下的野心，而予以扑灭。世上各国政府都存有一些人性弱点的痕迹，一些腐败和堕落的细菌，狡猾者将发现这些痕迹，邪恶者将不知不觉地加以发掘、培养、并增殖这些细菌。任何政府，如果单单托付给人民的统治者，这个政府就会败坏。因此，唯有人民自己才是政府可靠的受托者。为了使他们完全可靠，他们的心智必须予以相当的陶冶。这虽然不是教育唯一的目的，但这却是教育必要的任务。因此，为了扶助大众教育，我们必须把宪法作一修正，使全国人民都能分享左右政府的能力。如果民众人人都有政权，政府就不会败坏；因为向全体人民行贿，决非私人的财力所能胜任，而除了向人民课税之外，公家也拿不出那么多的钱。在这种情形之下，每个人必须付出他自己的代价，羊毛出自羊身上，民心就不可以收买了。大不列颠政府曾被收买，因为十人之中仅一人有权选举国会议员，因此出卖政府者净得十分之九的代价。有人认为将选举权限于少数有钱阶级，是防止政府腐化的一法，但更为有效的方法是将选举权普及于那些可能对腐化行径提出抗议的人民。

这条修正案最后建议创设一所公共图画和美术馆，规定每年拨出一笔款项去置备书籍、图书和雕像。

诗歌与我们的时代和国家的关系

勃拉恩脱

有人以为：诗歌同它的姐妹艺术图画和雕刻一样，业已没落，我们这个时代再也写不出像从前那种好诗了；这种见解现在很流行，用不着举出大人物的名字来替它标榜，也用不着振振有辞地替它找理论根据。照他们的看法，近代理智发达，科学昌明，实用技术进步，结果人类想象力的范围日趋狭仄，而人类情感的活力也受到压制。据说在进化的初期，人类的精神需要诗歌来陶冶，人类的智慧需要诗歌来启发，但是垂及近代，诗歌功成身退，诗歌保姆的任务，就让给科学和工艺几位严师来担任了。另外还有些人对此作更进一步的发挥：他们不但主张我们这个时代写不出可以和过去颉颃的诗歌杰作，而且以为：在全球各国之中，我们美国和诗歌最无缘分，最不可能产生伟大的诗歌。

据说我们美国最缺乏诗歌的题材，而我们美国人最缺乏“诗意”，最能够代表这个时代小心翼翼工于计算的实用精神。这辈理论家承认我们的山河景物不能不算美丽，但是他们以为这种美是呆板的，只是浮面的，没有表情的美。他们以为一个地方的景物所以引人入胜，全赖它的历史的传统，而美国的风景是唤不起什么“怀古的幽情”的。欧洲各国的风景，都和该国的迷信传说结了不解缘，信步所在，触目所及，都可使游人联想到过去黑暗野蛮动乱时代的种种奇闻轶事，但是美国风景就缺乏这种旧时代的联想。而且他们还说：我国写诗的资料目前既然贫乏，他年也不会增加。因为现在这个时代不会再发生新的迷信传说，而旧时的迷信传说一一遭受破坏摧毁，虽然有些迷信的传说，与人无害，听起来也颇可令人称赏。因此世间的传说终究将有若干得被保存，是很成问题的。我国的高山丘陵、森林大河、溪涧细流不可能再被人把新的神话传说附会上去。我国有些地点也曾和我国早年历史中某些事迹发生过密切关系，但持这派主张的人以为这种名胜古迹的数目仅限于此，将来也不会增加多少。原来我国的民族性是太安静太商业化了。我国人民太爱好和平，太喜欢赚钱，我国社会制度过于稳守，我国守法之人如此之多，执法之人又如此之严，因此荒唐冒险的事情几乎不会发生。不论从我国的民族性，我国的历史，或者从我国的社会秩序看来，我们都谈不上有什么浪漫的色彩；因此我国很不容易写出好诗，而且我国的传统与风俗也不会产生诗的题材，诗也不会受到大众的爱好。

假如上面关于时代的趋势和我国的风土人情种种见解，我们可以相信的话，那么我们不得不承认：这种说法对于有些爱国之士实在是一种打击，他们本来把本国的文学引为自豪，现在听了这种说法，不免心头大为沮丧；而且照此说来，美国文学实在比不上人家，因此也可能引起自卑之感。真正的危险倒并不是美国人就此搁笔不再写诗。诗总是有人来写的，过去如此，未来也是如此，而且诗也不会没有读者；要紧的是：诗应该是好诗；唯有最高级的艺术作品，才会产生健全的良好的影响，坏诗的影响是微弱的或者是不完善的，好诗的影响是有力的而且是完善的，我们所需要的是好诗。

假如大家都相信：某种艺术再也达不到十全十美的境地了，那么好的艺术作品的确也不再会产生。可是天下没有一桩容易的事情，文学和人类其他的努力一样，好的作品是稀有而难及的，假如我们把这种情形如实向世人报道，这倒不是一件坏事，反而可以激励人的志气，努力写出好的作品。应付困难，克服困难——没有事情能够比这种成就更使人觉得光荣的了，而且旁观者看见别人的努力，别人克难的成就，一样会觉得心向往之，鼓掌称善。一件事情，很多人都做不好，只有少数人才做得好，这种难得的成绩就值得叫人欣羡，而且还有鼓舞后进的作用：大家都要来“见贤思齐”，也要用出同样的热诚，效学他人的努力，务必做到十全十美为止。可是你假如更进一步，向这辈热心向上的人头上浇冷水，你假如以为写好诗不但是难，而且是不可能的，那么你把他们的热诚顿时消灭于无形。你毁灭了人家的希望，也剥夺了人家的希望，也剥夺了人家的志气；那辈顶有成功希望的人，顶值得称道的人，你使他们裹足不前；好诗人不动笔，你就让坏诗人称雄了。所谓坏诗人者，能够稍有成就，心满意足，而且他们也无法了解：诗的境界有更胜于他们所写者在。因此我上面所转述的种种见解，可能是错误的，假如是错误的，我们就不该相信，相信了就会出乱子。在我们接受这种见解之前，先让我们来彻底检讨一下，看看它们究竟是否能言之成理，这应该是很有意义的工作。

可是退一步来说，即使我们今日的诗歌不复可能达到过去那样尽善尽美的境地，其理由当不在我们天生的智能有何变易；诗歌是人的心灵所创造，也由人的心灵来欣赏，而人的心灵千百年来并无变动。谁要是说人的智力已不如前，人性也已经由善变恶，这种主张较之“人的体力较前退化”一说更为不近情理，不值一驳，毋庸置辩。人

凭了他的想象力，把眼前的材料加以美化，吟咏成诗；可是谁要是说人的想象力已随时代而退化，不复能如当年那样活跃，那样出神入化，我想这种主张虽头脑顶简单的人也不会相信的。难道说从荷马以来，人心已经变成麻木不仁，良知成为顽石，诗兴也难以发展了吗？我想没有一个人会发出这种荒谬的言论的。时代进展，但是人心中诗的源泉以及诗歌所以能动人的力量，却是依旧未改。假如诗歌有什么退化之处，只有在以下两种原因里去找：第一、写诗的环境业已丧失，据说过去的时代背景最利于诗歌的创作和诗情的陶冶，可是现在已经时过境迁；第二、人类智能的兴趣较前为广，心有旁骛，诗兴的启发，未免要受到牵制。

可是过去所谓有利于诗歌创作的种种条件是些什么东西呢？这据说就是宇宙的神秘对于诗人的启发：古代科学尚未发达，自然界的奥秘未经探测，自然运用的法则未经建立，宇宙的神秘成为古代美丽的神话系统，稍后神话失其信徒，但是幽灵不散，种种迷信传说仍为后世所歌颂。这就是所谓有利于诗歌的条件，现在且让我们检讨一下，究竟古代的神话和后世的传说是否对于诗人的创作，真正有所裨益。凡是奇妙莫测的东西，无论巨细，都可以启发幻想，震撼心灵，但是神秘而加以伟大，玄妙而兼以无涯无际，那么其动人的效果更强，这本来是无可否认的。可是古代民智未开，大家看见了神秘的东西，未必知其为神秘，如要知道神秘之为神秘，事前先得花不少研究的功夫和智识上的准备。假如有人只看表面现象，不问事实真相，把大地看作一块平面，认太阳为东西运行的火球，天空是穹苍，星星是点缀在天宇上面的点点火花——试问这样一个人还会觉得天地有什么神秘吗？他还会对神秘发生兴趣吗？可是假如你对他稍加启迪，告诉他大地实是球形，而他对陆地的边际所知实在有限；告诉他广漠的陆地

实是岛屿一片，四周都是海洋；告诉他天空是茫无边涯，而每颗星星实在就是在天上运行的一个世界——这些知识传授给他之后，他的眼界大开，他对于广大宇宙的神秘方才有了认识。人类知识的进化本来是精益求精的：今天知道了一件东西，我们就可以注意到很多尚未知道的东西；解决了一个谜题，别的谜题就接踵而来；我们所发现的只是一个小圈子，圈子外面是无穷的奥秘；我们所发现的东西愈多，圈子外面的奥秘也就显得愈大。我们所以相信人心不灭，理智永存，就是因为人总是有所探求，智慧的灵光永远想照彻智慧范围以外的黑暗。古代人自然有他们的神秘之感，但是我们也不必妒忌他们，因为不但我们的知识超过他们，而且我们所有的神秘也比他们的多——我们有更高、更深、更有意义的神秘。

可是古人的神话怎么说呢？尤其是希腊罗马美丽的神话——现存的古诗佳作大多都是以神话为其内容的。那些神话实是美丽，而且变化无方，以此作为诗的题材，很是合适，的确可以写出动人的诗篇。可是究竟诗受神话之益多呢？还是受神话之害多？这点颇成问题。假如我们承认神秘是诗的一个特色，可是神话一出，则神秘几乎全失。神话有一个大毛病：它包罗万象，无论什么东西，都可用神话解释得清清楚楚。自然界各种现象都有一个神祇专司其事——下雨轰雷有周比特，驾驶日车有阿普芦，刮风有神，喷泉也有神。样样东西都说明白了，世间就别无奥妙可言。神话的美就是在种种小事情都替你找理由说明。这样我们的幻想是满足了，但是我们的想象力并没有因此获得彻底的激发，我们的感情深处更不会受到感动。神话替我们设想一群较人高超一等的天神，他们也同人一样的有情感，也一样的有精神上的痛苦，可是他们既有法力，智慧又高，又不受世间种种灾祸的侵扰，因此他们不能获得我们多大的同情。古人之诗，以神话为其中心题材，美则美矣，但情感上是冷淡的；技巧上可能无懈可击，但内容上并不能动人，垂及后世，神话已乏人信仰，写神话的也不能如古人那样出乎至诚，但神话诗既不能随神话一起丧失，这种作风反而使诗失掉了纯朴天真之美。诗人作诗，不以一己的情感和感觉为依皈，反以模仿古人为事，结果他们的诗必定疵谬百出，有失雅驯正道。他们想描写的是至情至爱，但是开起口来，却是维纳斯和她的儿子鸠璧德和他的司爱憎的弓箭；他们的题材是朝阳晨曦，可是他们所搬出来的却是“羲和驾车，天马横空”。诗果真写成这个样子，无怪要被人讥为“雕虫小技，不足称道”。据我看来，人在世上，喜怒哀乐，七情六欲，祸福无常，与万物相刃相靡，这就是最好的诗歌的题材，其值得可泣之处，实远胜于想象中的天神的故事。泉水可以告诉我们牛羊曾经在此取饮，村姑曾经摘过水涯的春花，旅人曾经在烈日底下解决过他的烦渴，也曾经为甘醴祝福；泉水灌注成池，在清冽的珠光闪烁的池水边上，小学生也曾经来摘过榛果；泉水可以告诉我们无数的故事，它可以歌颂青春、健康、纯洁和欢乐，那么我们为什么还要管有没有一个专司泉水的女神呢？泉水不一定就因此失掉宗教上的意义，冥冥中自有一种力量，充满了地下的泉源，使它不衰不竭，流注无尽，泉水如要唱歌，就让它歌颂这一种仁慈的力量吧！因此爱好诗歌人士，尽管可以把古代神话置之脑后，我们固然有所损失，但是我们的收获却比损失大得多，丝毫没有值得遗憾之处。神祇让位，我们乃可见到活生生的男人女人以及宇宙间万事万物的真面目；神话之美，光彩夺目，但是缺乏人情，我们放弃了神话，反而可以认识真正朴素之美；何况近代科学昌明，神奇的事物，人力胜天的奇迹层出不穷，这种伟大奥妙之处，也是要我们丢弃了神话之后，才可以把握得到。神话灭亡，圣教代兴，我们现在的宗教远较神话为高尚而近人情；神话仅是支离破碎的胡乱猜测之辞，今日的宗教所含的哲理则是博大精深、高尚正直，其高妙之处，绝非神话所可企及者。

再说后世的迷信传说。今日文明世界有好些地方还保留着过去迷信的遗迹，如巫术、占星术、邪魔作祟、鬼怪神仙、水精木妖、地下鬼仙等迄今都还有人相信，我对于此事的看法是：凡是产生这些迷信的时代，决不能写出最高尚的诗歌。凡迷信之兴，当时社会文化水准必低，诗歌一道必难发达。假如有人固执迷信，坚信不疑，他的诗才一定也难以运用自如。人类本心，对于怪力乱神之事，固自有其爱好，而且大家也何忍看见迷信传说，都被摧毁，所不同者，则是有人直认迷信不讳，有人口头开明，心中迷信而已；诗歌有时候就针对人类这种共同的爱好，利用迷信而产生特别动人的效果。这点本来无可否认的，但是诗歌里面的迷信，仅是利用传统的故事，并不是真叫人抹煞理性。凡是采用迷信传说入诗者，原有故事必可增减，诗人可视己意而加以伸缩，务使故事能适合题旨，而排斥一切有失雅正之淫俗滥调。时代有迷信与开明之别，但即使在迷信盛行的时代，诗人为求落笔惊人起见，于其当时迷信之外，更援引古代的奇闻异事以入诗。以中世纪欧洲为例，彼时武士道盛行，英雄美人故事脍炙人口者，书不胜载，但是中世纪欧洲诗人认为这种故事还不足以尽神奇的效果，于是更以巨人毒龙、术士作法、鹰首飞马等奇事怪闻为题材，那些东西即使在那时看来，也算是古代的传说；即使时代不算古，故事的背景也都是在虚无缥缈遥远的国度。以女巫为题材的民谣，就我所知，当推霍格氏①的《福也府的女巫》为第一，有人也许主张《谭·屋香德》②更胜于彼，但是那两首诗撰写时，社会人士已经很少有迷信女巫的了。

在开明的时代，并无特别足以动人的迷信，诗人就利用过去的迷信，这也可以说是诗人取材自由的特权；反正人类可以相信的东西很多，前人的贡献，后人自可应用，而且采用古人的迷信之后，诗中人物的遭遇乃可变化多端，而诗的兴趣也可变化无穷。神怪的事迹，经高手处理之后，也可娓娓动听，使开明的读者为之额首称善，觉得非无可能；诗人如能把离奇的东西，写得近于人情，诗人的目的也就达到了。我们目前这个时代就是特别有利的时代，过去所收藏的种种神怪故事，都可为今人所利用；就事实看来，我们这一时代的诗人的确是很乐于开采过去迷信的宝藏的。

至于另外一点，关于我们这一时代的诗才受到束缚，诗兴受到压制，最重要的原因（假如不是唯一的原因）据说就是近人兴趣广博，各种学术研究发达，而实事求是研究既不利于幻想之发展，复有妨情感的发挥。近代各种学术研究所需要的精神活动，的确和写诗的精神活动不同，而且学术之道多端，各树一帜，未免将诗的读者吸引而去，减少诗的影响。可是成问题的是读者嗜好本因人而异，喜欢各种学术的读者即使没有学术可供研究，也未必把兴趣转移到诗歌上去。不但如此，我们还可以假定学术之发达，也推广了诗歌的影响；学术发达，识字读书的人就增多，凡是读书之人，总可能读到诗歌，而对

① 霍格 James Hogg(1770—1835)苏格兰诗人。

② 苏格兰诗人朋斯 Robert Burns(1759—1796)所作。

于天下第一流批评家所公认之好诗，他们也必定会附和地称赞一下。而且也可能有一天真正地能加以欣赏。人类的兴趣本来发展多端，甲走甲的路，乙走乙的路，甲喜欢化学，乙喜欢诗歌，过去是如此，现在亦复如此，但是我们没有理由可说：某甲治化学独具成就，某乙治诗歌就因此丧失了灵感。以英国为例，英国科学之发达，凌驾各国之上，但是英国人写的诗，热情洋溢，也胜过其他各国。英国文学里春秋交辉，花果并茂。近世诗人辈出，如华茨华斯、史各脱、辜律勒己、拜伦、索赛、雪莱等等，皆才气纵横，热情勇敢，岂有受半点自然科学冷酷影响的痕迹？他们的诗变化无方，不拘格律，其活泼自然之处，岂不更胜前人？他们清新有力的作风，岂不就是代表新时代文学的自由的作风？

一个诗人唯有知识广博，始能跟上时代，而近代人所需要的知识，比前人更多，但是广博的知识，实无害于诗人的发展。知识是天才的原料，天才利用他的知识，才可以编成他的灿烂的作品。广博的知识需要卓越的天才来加以整理，才可以化为美丽的诗篇；而且诗中所含藏的知识愈多，诗篇的结构就愈是宏大奇伟。大诗人都有广博的知识；有些像斯宾塞①与密尔顿，得之于书本；有些像荷马与莎士比亚，则就人生事物实地体验，凭精微的观察得来。在另一方面讲，奥新②的诗，不论其为真为伪，则是一个失败的例子：其人诗才本不小，惜学养不足，处处受到掣肘。唯因其学养不足，所以他的诗显得特别单调。他的思想贫乏，思路也不出一个狭小的圈子；他的诗搬来搬

① 原文作 Spencer，疑有误。当为 Edmund Spenser(1552—1599)，英国诗人。

② 18 世纪末叶英国麦孚生(James Macpherson，1736？—1796)发表诗多篇，据说是苏格兰古代诗人奥新(Gaelic 人，时代在盎格罗-撒克逊人之前)所作之诗，经麦氏译成英文者。然学者疑奥新并无其人，麦氏之作，托名伪造而已。

去，只是几点思想，几种譬喻；拿有限的材料，唱之不已而已。其零星片段，确有精美动人之处，可是各诗就整篇而论，则味同嚼蜡，令人生厌。

最后一点我所要讨论的是我们美国文学的前途：我们新世界中人是不是能产生与古代不朽名著相颉颃的作品呢？我在前面论近代文学思潮时的几点看法，在这里也一样适用。除非若干年月之后，我们美国文学果真一无成就，那时我们也就无话可说，但是假如我们现在就悲观消极，那是有害无利的。试看我国现在文化如此普及，诗集几乎人执一卷，诗兴既已布诸大众，人人皆可享受，若说我国人民不能受到感染，不想借写诗成名，与其他各种事业一争短长，那是令人不可想象的假定。假如我国人民真能以写诗为事业，那么我们做事一向专心致志，倾全力以赴，谁又敢说我们的诗达不到别人那样尽善尽美的境界呢？若以我国社会对于诗人不加鼓励为虑，那也是不成理由的。因为文学家只需要很小的激励，就可下很大的苦功。谁又想把千里名驹喂肥的呢？诗人固穷，自古已然，但我从来没听说过诗因穷而不工的。只要本国人士能够爱诗尊诗，诗人也许就心满意足而去苦心吟咏了。又有人以我国缺乏文化传统为虑；但是这一点我们现在还谈不到，等到有一天我们把旧有的题材统统写完了那时再叹穷还不迟。而且我们在上面也说过，诗人缺乏题材的时候，尽管可以远取诸海外。英国的大诗人已经先我们而为之。斯宾塞名诗中的事迹，原来出自虚无缥缈的仙乡。莎士比亚最好的悲剧，其故事皆发生于异邦。密尔顿两大史诗的题材，都越出三界六合之外。拜伦的诗，全部写的是英国以外的事迹。索赛的最好作品①，是叙述西班牙的故事，所描写的

① Robert Southey 著：《罗德历克——最后的一个哥特族人》(Roderic, The Last of the Goths)。内容叙述西班牙基督徒反抗回教徒的故事。

是欧洲武士道和天主教。穆尔①有一首叙事诗以波斯为背景，另外一首描写的是洪水来临人间以前的太古世界。另外一方面，华茨华斯和克拉布②两人作风不同，然而他们都弃一切英雄传奇于不顾，决不借重半点神仙鬼怪，他们只是就近取材，故事只是近代的日常生活，题材只是眼前的风俗人情，可是他们两人都写出很动人的诗歌。他们都拥有广大读者群，读者从他们的诗里不止得到闲情之趣，和教诲之益，它们更可以使人觉得安慰，体会到超凡入圣的喜悦，和纯洁的至乐，又有谁为了他们取材平凡，而减少对他们的诗的爱好呢?

还有一些人认为：美国所以不能产生高雅的文学，其最大的困难乃在文字：美国人用英文，而英文本为英国的文字，专为适合英国的风土人情文物制度而用者，它究竟不是我们的本国文字，并没有随我国民族一起生长，它的形式和它的演变都不是从我们自己经验的需要里产出来的；运用起来，究竟不能像本国文字那样的有优雅和动人的效果。据我看来，悲观人士用以吓唬我们的种种理由，以这一条最为脆弱。主张这种见解的人，何不把具体的事实举出来。我倒要请教：我们的文字缺点安在，为何竟不能适合于我国的自然环境和政治环境；我们需要表达的意思，到底在哪些方面英文是不能应付裕如，哪些方面我们不能把它转化为优美的英文文章？在具体事实尚未举出来之前，我们只可以说：我们的语言是内容丰富，小大由之，在赤道可以用，在两极也可以用，在中间的任何一个纬度都可以用；君主国可以用，共和国也可以用。英文同世界上任何一种美丽而有力的文字一样，发源于一种简朴无文的民族，原来最适合于描绘未经人工雕琢

① Thomas Moore(1779—1852)英国诗人，生于杜柏林，为拜伦之友。所指之诗，一为 Lalla Rookh，一为 The Loves of The Angels。

② George Grabbe(1754—1832)英国诗人，其诗多写民生疾苦。

的自然现象，后来文明发达，英文随而进步，也适合于种种人为的事业，因此英文不但富于栩栩如生的文艺辞藻，而且作为科学的文字，也是非常的适合。假如我们目前的社会，会产生一种新的文字，我想新文字里的许多新字都将从现有表示文明进步的字根里产生出来，如运河、铁道、轮船等。但是科学发明，日新月异，那许多东西，现在看来也许了不起，但是一百年后也许要被更新的发明取而代之了。我们的文字虽借自英国，但是它是随时代环境而变易的，谓余不信，不妨设想英国当代有一位大诗人移居到美国来写诗了。天下哪里有这样一个笨人敢设想：诗人一移地而居就写不出好诗了？

我因此敢说：我们美国并不缺乏写诗的材料，而且我们社会对于诗人还是重视，诗人不乏成名的机会和应有的鼓励，他尽管可以利用现有的诗材，写出不朽的诗篇。人生中优美和雄壮之处，高超的智慧和道德的至理，澎湃的热情和温文的柔情，生老病死以及人生的种种变幻，古时传说以及异邦风俗所给予人生的借鉴——这些并不是海外旧世界所独有的。我们既有写诗的环境，假如我们的诗最后还是比不上欧洲的诗，那么我们只可以说：我们的天才太不努力，坐视宝藏遗弃而已。

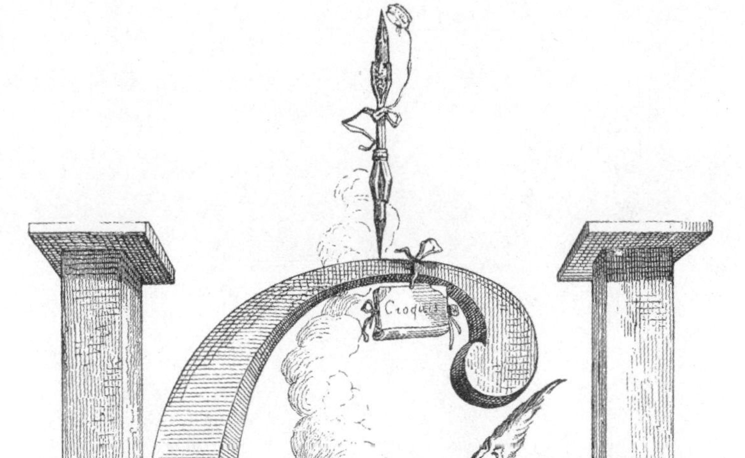
Croquis

爱德华兹论

霍姆斯

这些年来，国家令节和名人生辰的百年纪念①，层出不穷，如税局催税那样的逼人而来，令人应接不暇；应景纪念文字，满纸肉麻字眼，不啻女学生的书信；翻来覆去的那几句老调，好像铜鼓独奏，必必卜卜，使人为之生厌；全国上下的骚动，又如以色列人举行庆典似的，四处号角齐吹②；在这种情形之下，大家也许对于回忆纪念那一套，望而生畏了。外国人看见这种情形，还会以为守护美国的天使，法名就叫做“逢节庆祝”。美国本地的土人，每逢搬家的时候，一定把先人的遗骨，从土中掘出，陪着活人，一起长征。也许因此之故，我们在尘世的旅途上，每隔相当时间，一定把死人陈迹和过去的大事，从泥土里把它们翻寻出来，用我们后世好奇的目光，睁大了眼睛把它们重新检讨一番；检讨完毕，入土为安，再把它们送返坟墓。

最近举行过一次约拿丹·爱德华兹的逝世一百年纪念，我们之间谁要发下大愿，或者是谁觉得责无旁贷，要替此公的生平和宗教思

① 1876年，美国举行“独立宣言”百年纪念。其他各种纪念颇多。

② 《旧约》“诗篇”四十七章第五节。

想，检讨一番，现在这个时候，正是再好也没有。说起这位先生，据替他作传的彭可夫①先生说，他在神学上给后世的影响实在不小："美国几位神学家的思想，都可以看得出受了他的影响。贝拉梅和霍金斯②是他的高足；第威德③替他做诠解；司玛莱、艾蒙斯④等等都是步武他的后尘；他的思想，借霍金斯的关系，间接地影响了寇刻伦⑤，更造成了张宁⑥的特殊的性格。"

本世纪肇端以前，美洲所产生的哲人学者，其能在欧洲学术界克享盛名，经久不衰者，当推富兰克林和爱德华兹二人。就脾气、性格、信念和生活方式而论，这两个人迥然不同，一个代表实用的态度，一个代表抽象的思想。爱德华兹可能认为富兰克林是离经叛道，不守上帝规约的人，而且可能主张应该把他交给神权政府去审判一下，假如爱德华兹的思想系统里果真承认神权政府的存在的话。富兰克林也可能把爱德华兹称诈狂妄迂阔之士，爱德华兹的严密的推理，可能被认为不切实际，其主要前提，应该根据《富氏历书》⑦里的常识格言来改造一下。

据说富兰克林一只手抢天上的雷电，另一只手夺暴君的权杖⑧，

---

① 彭可夫，见卷一《古屋杂忆》注。彭氏为《爱普尔登美国百科全书》(*Appleton's American Encylopaebia*)撰"爱德华兹评传"。

② Joseph Bellamy(1719—1790)，Sammuel Hopkins(1721—1803)皆美国神学家。

③ Timothy Dwight(1752—1811)：神学家，曾任耶鲁大学校长。

④ John Smalley(1834—1920)，Nathaniel Emmons(1745—1840)皆美国神学家。

⑤ John T. Kirklanb(1880—1940)，神学家，曾任哈佛大学校长。

⑥ 张宁 William E. Channing(1780—1842)，神学家，反对加尔文教派，其子乃诗人张宁(见《古屋杂忆》与《禽兽为邻》二文)。

⑦ 富兰克林著有《历书》(Poor-Richard's Almanack)内容多为日常处世应用之格言。

⑧ 法国颁赏富兰克林的勋章有这么一句拉丁话：盖富氏既有功于美国革命，复实验电学，开科学研究之风气也。

我们对于这位波士顿哲学家，自然钦仰无已。可是我们提起这位新英格兰的牧师爱德华兹，也觉得非常骄傲；他对于神学上的贡献，不是也可以说“上夺天界雷电之威”吗？他尤其得到英国人的钦佩：史德华①和麦金德殊②不是都赏识他特色的天才吗？霍尔③在他“信笔所至”，情绪激昂，因此说话不免随便而过火的时候，不是称他为“人类的子孙中最伟大的一个”吗？在他们那时代，如此过甚其辞的夸奖是不大多见的；无怪我们美国人听见了要受宠若惊了。美洲土产的银子上面假如盖上一个英国的官印，我们就特别珍视，可是这一类的银子我们并不常见。

我们假如研究爱德华兹的生平和著作，就会发现其间有许多特点都可使我们联想到巴斯加④；可惜我们现在都不相信轮回转世之说，否则的话，我们会以为法国天主教徒，投胎到美洲来成为加尔文派⑤教徒了。他们两人的面相，相像之点可并不多。第威德所编印的《爱德华兹全集》前面⑥，有此公的一张肖像，显得额骨高耸，眼神平静而镇定，嘴小而神态拘谨，总之，看来带一点老处女的样子。可是据现存的巴斯加纪念章看来，这位法国思想家的头顶部分显得并不大，可是前额丰满，脸上各部位显得都很突出：隆准高鼻，颚方额凸，嘴上带有发问好奇的神气；假如不是带有一点病容，这副相貌实

① 史德华 Douglas Stewart(1753—1828)，苏格兰“常识派”哲学家。

② 麦金德殊 Sir James Mackintosh(1765—1832)，英国哲学家。

③ Robert Hall(1764—1832)，英国浸信会领导人物。

④ 巴斯加 Blsise Pascal(1632—1662)法国数学家，宗教哲学家。思想深刻，文字精炼，为法国一大人物。

⑤ 法国宗教改革家加尔文 John Calvin(1509—1560)对于新教影响之大，仅次于德国之马丁路德。其思想本文中将有评述。

⑥ 《爱德华兹全集》，共十大卷，Sereno E. Dwigh 编，1820—1829 年出版。

在有点像故哈佛大学校长华克氏①。爱德华兹和巴斯加二人都是特别的早慧，精神生活和理智生活也极多共通之点。二人都有很强烈的苦行的倾向：巴斯加腰间的皮带，暗装铁钉，钉尖朝内，他逢到诱惑而觉得心旌摇动之时，就按皮带刺身。饮食他仅视为养身之必需，谨防贪图口腹之乐。爱德华兹没有围上一条具体的荆棘腰带，可是他不断地自我责备，其战战兢兢的情形，也不啻芒刺在身；他对于口腹欲，防范之严，不在巴斯加之下。这里不妨顺便一提：爱德华兹幸亏死得够早，没有看见他本国人士伦神伯爵那篇名著《论饮食之乐并附论其增进之法》②在波士顿再版出书，否则他会气坏的。巴斯加和爱德华兹是同样地敏感，心地纯洁，生活清白，终日思索的是人生的严肃的

① 华克 James Walker(1794—1874)。

② 伦神伯爵 Count Rumford，一名 Sir Beniaanmin Thompson。他虽在欧中受封，本人却是生在美国的。

意义；两人都觉得自己的渺小，都深责自己的罪孽深重；两人都在上帝面前战栗，都强调上帝的天怒不测之威，随时都可以降祸人间；两人都是辩才无碍，乐于论战——只是巴斯加反对耶稣会，爱德华兹反对亚米尼派①而已。他们的生活都是恬淡而抑郁少欢。巴斯加不屑以诗人自居，但是他的诗人气质极重。从爱德华兹的文章看来，其感情与幻想也不时流露，所以爱德华兹也可以算一个诗人。但是爱德华兹早年日记里的“小小白花”后来竟告凋谢，中年以后，以辨理载道为重，文趣乃为之索然；茂草横生，“伯利恒之星”②坐困其中，生机窒息，成了有叶无花的状态。巴斯加的散文才气横溢，而富弹性；爱德华兹的文章，大多都大量引用圣经经文，虽辞正意严，然难免有笨重之重，就像犹太人所吃的无酵面包一样，绝不会叫人有轻松之感。我们读巴斯加的文章，觉得他的机智精巧，妙思入微；读爱德华兹的文章，绝不会有这种乐趣；但是爱德华兹有时候也笔带讥刺，庄重的读者不免为之莞尔一笑。两人的文章，都常出诸格言警句的体裁，他们不喜冗长的叙述。因为精密的思想家就像银行家一样，惯于在支票上签字，不习惯点数钞票给人的——而且两人的机锋警句，题材从不完全相同，也是很相类似的。

巴斯加和爱德华兹的家庭环境也颇有类似之处。他们都深受女子的影响——虔敬慕道的女子的影响。巴斯加终身未娶，但是他有妹妹二人——叶尔培与雅克玲；叶尔培后归贝利尔氏，她所著的《回忆录》里描写她的哥哥很为详尽，她的文笔朴素，态度温柔，读者读后，难免会觉得巴斯加心里沉默的思潮，正在他妹妹的笔尖下流露出来；而

① 神学家亚米尼 James Arminius(1560—1609)修正加尔文派教义。加尔文派主张唯上帝之“殊恩”始能使人得救，亚米尼派则主张人人皆可得救。

② “伯利恒之星”，野洋葱之别名。

且在她女性的柔和的声音里，他正听见真理的言语。爱德华兹曾经作文描写他的太太珊拉·皮亚朋，那时他们还未正式认识，她才年方十三，已经慕道若渴，如醉如狂；这篇妙文彭可夫论爱德华兹一文中曾加援引，见爱普尔登《百科全书》第一版，读者不妨参阅。他的妹妹雅露莎，年龄比他小七岁，爱德华兹也深爱之。她也是一个宗教气质很强的女子。

巴斯加和爱德华兹相似之点如此之多，可是两人有不同之处。巴斯加生于法国阿凡尼州，该山坡之上，满种葡萄，景色当然和美国康乃狄克州的苹果园不同。康州的温莎镇，名字仿英国的温莎镇，不乏可以激发思想的名胜古迹，但是较之阿凡尼州的克莱蒙镇，则其古趣诗情，犹有所不逮。我们可以想象巴斯加和他的妹妹雅克玲，徘徊于 Puy de Dome 的山阴，在他们的名城的古教堂里跪下祈祷，当年第一次十字军的号角，就是在那座教堂里吹起的；我们也可以想象爱德华兹带了他的弱妹雅露莎，信步所至，穿过田野，是到邻近的巴瓜拿克村，双双在寒冷的教堂里坐下，度过一个肃然无欢的安息日。爱德华兹曾否读过巴斯加的东西，现在至少从他的作品里看不出来；可是两人措辞遣句，偶有相同类似之处，这倒是很奇怪的。在爱德华兹的一篇布道文中①，他讲罪人是在“赫然震怒的上帝的掌握之中”，这句话同巴斯加的“dans les mains d’un Dieu irrite”的意义完全雷同。他说人是一条“可怜的小虫”，这几乎就是从巴斯加的法文“Chetif vermisseau”翻译过来的。他的杂感（总题叫做“无限之体”“Body Infinite”）中有一节，很像巴斯加《冥思录》第二十四章讨论无限实体不可分割里面的一段。我们既然比较法国美国这两位作家，他们文章的

① 1741年7月8日印行。

类似之处，的确值得我们注意。他们所讨论的东西相仿，他们的文字自然也难免类似。但是爱德华兹可能曾读过巴斯加，不知不觉中也许就借用了巴斯加的思想的路子了。

我们希望他们两人能在天堂路上相见，因为他们都有圣洁的人格，世称斯宾诺莎“醉心上帝”，这句话如移赠他们二位，也很贴切。可是他们假如在尘世相会，一定谈不投机，巴斯加看见爱德华兹这样一个异端邪道，一定要摇头；而爱德华兹看见巴斯加迷信罗马教皇，将也认为“孺子不可教”了。

爱德华兹似乎从出生时候开始，就做定了圣人；他的生活纯洁，工作勤恳，舍己为人，思想高超——这样一个人假如是天主教徒，可能有列入《圣人传》里的资格。我们追念先贤伟大的人格，一定很自然的会起这一种敬仰之感。我们如要了解他的为人，从他的遗传、教养、信仰和环境方面，也可以得到一部分的解答。从他的家世说来，他祖先世代传教，我们可以说他在娘胎里，就熟读《圣经》了；他的灵魂好像是一张感了光的照相底片，出世以后，不过是经过冲洗，照片上图画显露出来而已。他出身于康乃狄格州的一个牧师之家，家乡传教布道之风很盛。他的智力，我们可以假想是得自他的母亲，因为据说他的母亲的智力高过他的父亲。在他十二岁那一年，他母亲才正式成为教友，足见老太太胸有成竹，并不因为嫁了提摩太·爱德华兹牧师之故，就草草地皈依教会。他的灵感，得自新旧的经文；他十分相信自己读经的心得，他的信仰就是建立在滴滴点点的《圣经》经文上面，就像威尼斯和阿姆斯特丹那种大城市，由一砖一瓦堆集而成一样。伊甸园中亚当夏娃那一节，据波士顿某大牧师①看来，不过是一

① 可能指 Phillips Brooks(1835—1893)。

种寓言，不必相信真有其事，可是爱德华兹却认为是“真事实录”。伊甸园中启人智慧的果子、会说话的蛇、长命几百岁的长老们、挪亚的水上动物园——陆沉的大地上的动物，每一种都有一对在它的甲板上陈列着；人间第一个男人的一根骨头造成了人间第一个女人——这些在他看来，都同埃及人造金字塔一样，历史上确有其事的；非但他相信，他一派的教友也都这么相信。那些教友都是不折不扣的加尔文派信徒。可是教会里面另外有一些人却并不这么严格，他们的教义和戒条都比较有伸缩性，而他们的势力正日渐伸张，侵犯到爱德华兹的领域里去了。爱德华兹觉察到这一层危机，就不得不采取警戒的态度，迎头痛击；不久他发现自己颇堪一战，他既挺身以护法自居，心里也感到一点战士们的悲壮的快乐。他的措辞常容易过火，恐怕就是为了他的这点战斗精神。他对于诺桑普敦地方的善男信女所讲的道理，其真正意义是什么，其实际效果又如何，他因受了敌忾心的激动，也无暇顾及；他的著作有些人见了所以会身颤色变，也是为了这个缘故。

这一派神学理论，在新英格兰区要推他做代表人物，其要义何在，不妨约略述之。英国清教徒革命以前的几年间，国会曾经召开“威士敏斯特会议”，印行《教义问答书》大小两种①，爱德华兹的学说要旨，大致脱胎于那两本书，这点可毋庸再说。1680 年 5 月 12 日波士顿召开“教会会议”，同年 5 月 19 日马萨诸塞州的州议会，也像 1649 年的英国国会一样通过“教会信条”若干则，并以州议会名义正式印行，命令本州教友一体遵行。加尔文派教义在英国清教徒执政时代，俨然是英国的国教，而在移民美洲的初期，也颇像麻州的州教

① 《教义问答书》大本 1647 年印行，小本 1648 年印行。

了。究竟爱德华兹对于这些信条看法如何？解释如何？这就是本文所要讨论的了。

爱德华兹的上帝不是三位一体，而是四位一体。那第四位本是抽象的理想，爱德华兹赋之以实体，无以名之，名之曰“正义”。罗马大神周比德据说是受命之神的支配的，耶和华虽高高在上，可是仍旧得听命于“正义”。正义的地位，还在圣父、圣子、圣灵之上。“正义”需要“伸张”，他的伸张并无止境，他的要求也永远不会满足。上帝造人，人在上帝所指定并容许的条件下出世，招惹了上帝的怒气，上帝咒诅世人，人就一辈子负起上帝的咒沮——敏感的人就特别觉得痛苦，正义就在他们的痛苦之中，获得满足。正义的工作，是为人间备下一座地狱，而且使地狱永久常存——这种说法，正和但丁《神曲》“地狱篇”里的理论相仿。考泼①曾说，“幽冥地狱事，不可为缙绅君子道”，但是爱德华兹不管听众是缙绅君子抑是贩夫走卒，总是毫不容情地、明明白白地、使劲地、经常地大讲其地狱；考泼的话，本是讽刺一种风雅之士，他如能看见爱德华兹如此坦率，也该心满意足了。佛吉尔的名句②：

花是开在天上，
但是滋养花朵的根部，
却一直伸到地狱的底层。

用以譬喻爱德华兹的神学，最是贴切。

---

① 蒲伯(Pope)的Moral Essays第四篇第一四九行有这么一句话。霍姆斯误以为考泼(Cowper)所说。

② Virgil，Georgics Ⅱ.二九一—二。译文见正文。

他的神学系统里需要这样一个威权无上的正义。我们已经说过，正义的要求是无限的，他要求全部的满足，稍为欠缺一点，他都不能满足。要证明这一点，只需应用一点简单的数学，不必有多少高深的学问，就可了解。

正义的对象是“罪”，“罪”是违反上帝的法律，“罪”的“恶”就要同上帝的“善”成为比例。上帝的善是无限的，那么违反上帝，其罪恶也是无限的了。滔天的罪恶，需要受到无穷的责罚——这就是正义的要求。造物主有无限的威权，正义为了要责罚罪恶，特别还替造物主添了一条规定，造物主不得不遵命办理，那就是“惩罪责恶，不可休歇”。受到那种无穷的惩罚的是什么样的人物呢？

在爱德华兹看来，“人”的地位，颇为特殊。“人”有无数的义务，却无丝毫的权利；上帝创造了人，人却不可向上帝有半点要求。在这一点上，巴斯加的思想就显得比较宽大而精细。“上帝与人之间，互有其责任”——这是巴斯加的名句。但是爱德华兹不承认有这种关系，即使上帝和人结账下来，人还可以占点便宜，上帝也可以一笔勾销，不认这笔账——因此人只好永远吃苦。爱德华兹告诉我们：从圣人的眼光看来——既为圣人，眼光当不会错——人是应该吃苦的：“据他们的衡量，上帝的光荣是远较千千万万人民的祸福，更为重要。”人自从因祖宗犯罪谪落凡间以来，人在道德方面就成了无能为力，他在精神上犯了一种半身不遂——人的能力是能造无量数的孽，可是做善事吗？连顶小的善事也不会做。人既为人，就本能地恨他的造物主。对于这样一个坏东西，无怪爱德华兹说话要不客气了。诺桑普敦地方的民众，听他的讲道，受他的斥责，连续达二十四年之久，他的嫉恶如仇的论调，于下引几句中可见其一斑：“上帝无限光荣，万分可爱，可是你们从来没有爱过上帝。因此为什么上帝非爱你们不可呢？想

想你们是多么的丑恶可憎，就像一条肮脏的蛆，或者是一条该死的蛇！”在下一页上，他又大用各种譬喻，各式字眼，把同为圆颅方趾之人，骂得体无完肤：“你们对于如此伟大的上帝，不加礼敬，上帝因此不理你们，这难道不是天公地道的事吗？你们这辈卑鄙可耻的东西——什么都不是，可是连‘什么都不是’都算不上——你们这辈蛆虫，妖魔小丑，胆敢无法无天，反抗天地的君王？”写到这里，我们不得不下两句按语：爱德华兹这种语调，在某些人看来，恐怕不是一个布道的牧师所宜用；牧师仁爱的思想，岂是火辣的字句所可表达？ 听众之中，如有心浮气粗之人，听了岂不反生恶感？ 可是我们下文还要讲到，他之所以用这种惊心的话，来刺激钝根的凡夫俗子，尤其是听众中的老头儿老太太们，自有其理由。爱德华兹对于人类的估价，本不甚高。

他对于“魔鬼”也并不比对人类更为看重。“魔鬼虽然狡诈百出，”他说，“可是他是世界上的一个大傻瓜；恶人尽管狡诈，难免还是做了傻瓜。”魔鬼这个大傻瓜，在世界历史大事之中，却永远担任很重要的角色。上帝放洪水降罚世人之前，魔鬼正在大发雷霆。英国人所以到美洲来殖民，也是受了魔鬼领导之故，目的在使他们脱离圣道的管制。因此据爱德华兹看来，魔鬼实在是新世界的真正“朝圣客”。1734 至 1735 年和 1740 至 1742 年两次的奋兴布道运动，爱德华兹亲眼看见是给魔鬼破坏的。魔鬼非但是邪恶的象征，爱德华兹相信它真能降临人间作祟，就像有些人所看见的活龙活现的妖魔鬼怪一般。魔鬼和“正义”既然同样能降祸人间，它们二者领域之间，有什么不同呢？ 这一点爱德华兹并没有解释清楚；只是魔鬼是执行正义的命令的，“邪恶的天使”以虐待世人为乐，“正义”的目的，却并不是要获得这一种乐趣；只是坏人受罪之时，照神学家说来，正义就达到了“满足”的目的。爱德华兹替他的至高无上的原则——正义加了一个形容词儿，他称之“复仇的正义”；复仇本来是我们所熟知的人类的情欲的一种，因此他的所谓“满足”，我们也可以猜想得到，相当于俗话所谓“逞快意气于一时”的那种“满足”。

爱德华兹几部著作的要义，只要简略的一谈就够。

他在那篇大作《为基督教“原罪”一说作辩》中（1758年波士顿出版），他提出这样的道理：“上帝与亚当约法之初，并不仅是亚当个人订约，它把亚当看作一个‘公共的代表’，他是人类的首领，千秋后世，都得由他负起责任。”他又说：“上帝把亚当看作后世人类的首领，他犯了罪，后世的人因此也统统都犯了罪。”婴儿一出世就担负着罪恶，正义该如何对付他们，这点爱德华兹却说不明白。郁吉华斯①那首《最后之审判》诗里，替婴孩判罪最轻：

> 地狱里顶舒服的房间

据说是留给小娃娃们的。这种宽大的办法，爱德华兹是否赞同，颇成问题。有些人以为：婴儿固有“原始罪恶”，固应受到适当的处罚，但是婴儿并不担当亚当全部的罪恶，因此婴儿的惩罚，顶多肉身死亡毁灭就够，灵魂不必受罪。这种量刑从轻的办法，爱德华兹是反对的。他说：“亚当的原始罪恶，若应由后世担当，那么后世之人应照罪人办理，才是公平。亚当的原始罪恶，把上帝和人所订的合约，全

① 郁吉华斯 Michael Wigglesworth(1631—1705)作诗 *Day of Doom*(1662)。

部推翻，其罪行之全部责任，都得由后世担任。其罪行之严重，就等于各人自己曾经公然彻底反抗上帝一样。”胎儿降生，是带着先天的罪恶一起来的。婴儿所负的罪责，和成人一样，不可减轻。

他的《救世工作发展史》(1774 年爱丁堡出版）是一部很详尽的历史。他说地球上的空气根本就是慢性的毒药，几十年之后，就会把人毒死；人既不幸降生于地球之上，非受无穷的刑罚不可，只有少数人因为“救世工作”之故，免受罪责；但是“大多数人”最后都要送到一个地方去，那地方是“正义”专为罪人所设置的；爱德华兹并把那地方可怕的情形详详细细地描写了一番。

在《上帝创世的主要目的》一篇论文中（1765 年于波士顿出版），他推论到两点重要的结论：“上帝要使‘正义’得到满足，于是使罪人永久受罚……上帝也要使它的‘恩惠’或‘仁慈’得到满足，于是降赐世人无量的福，因其永久，是故无量。”

他的另外一篇论文（和前面一篇论文合订出版的）讨论的是《何谓真正道德》。他的“真正道德”把古往今来各派哲学所主张的“善”，统统包括在内。他说：“道德者，简单地说来，是良心和万物的配合；一般地说来，它包含一种同情万物的慈悲心。”这个定义各派哲学家批评起来说法不同，但是它使我们联想到物理学家所试想的太空里的“以太”。以太假使不是一种必需的媒介物，至少是一种可以想象的媒介物；可是我们所知道的生物没有一种可以在以太里生活，以太既不能供飞翔，又不能供呼吸之用；大约只有天使是在以太里面生活的，可惜我们对于天使的生理构造，一无所知。

爱德华兹所以有思想家之名，主要的是靠一本书，这本书的标题可长得很：《有关自由意志——即道德行为、善恶、赏罚、毁誉之基础——之近代各种流行学说之详尽而严格的讨论》(1754 年于波士顿出版)。

EXLIBRIS
ERICH v. DOBSCHFELDT

爱德华兹认为反对他的思想的人，都是“效学经院哲学家繁琐的辨义，或是玄学家深奥的推理，不能根据常识，实事求是”。他这本论自由意志的大作，霍尔在未满九岁之时，读之再三，爱不忍释，足见他的文章妇孺都晓，一反神学家繁琐深奥的作风。事实上，他的主题仍是抄经院哲学家的老调，只是他的推理功夫极细，文章做得很精致而已。他这个主题用经院哲学家的术语说来，叫做“卞立唐之驴”①，用俗话来说，就是“驴子碰到两堆草，不知吃哪一堆好”，莱布尼兹又把它改做：“驴子遇见了两块草场。”但丁《神曲》“天堂篇”第四章首三行，把这个意思表达得更为高妙，据朗斐罗的英译本，他是这么说的：

食物两盘在面前，一样的一样的
诱人，任你挑选，你会饿死
一盘也进不了你的嘴。

据爱德华兹的敌派亚米尼派的意见：这两盘食物就是“自由”与“责任”，人就处在两者之间的平衡状态中；爱德华兹那本书的目的，是要证明：这种平衡状态，并不存在，而且不可能存在。

读过爱德华兹这本名著的人，一定会钦佩作者立论的精细与透澈：他把敌人的路径摸得透熟，而追踪打击，一点也不肯放松；其机敏坚毅之处，简直和警犬相仿。可是读者不免也会觉得作者说话过多，他的论点早已不言自明，可是他还是不惮再三辞费地去证明它。事实上，爱德华兹有时候也非常简洁，神气中颇有不屑多费唇舌的样

① 卞立唐，Jean Buridan 是 14 世纪法国经院派哲学家，这是他用的譬喻。

子：好像他觉得给我们一块整整的银洋就够，为什么一定要一个一个地数铜钱给我们呢？ 下面就是他的一段精练文章：

下列诸点，不需要精密的推理就可作为定论：一、任何事物在未生之前，并无该项事物，所以它不能成为它本身的原因；二、一件自由选择的行为发生之前，并没有受到另外一件自由选择的行为的激动或指导；三、人若在无可无不可的状态中，并无选择的行为；四、人既有选择，便没有“两可”；五、自由若解释为无可无不可，这一种的自由便不会选择；六、“自由意志”是取决于“动机”，而“动机”之表现与活动，是在“自由意志”的活动之先，所以意志自由并不受意志本身的活动而决定；七、任何事物在发生之前，并无该项事物，所以它的发生，必定另有原因、理由或依据；八、“果”和“因”不可分离，“果”一定依靠它的“因”；九、不论为善为恶之倾向是多么的强，可是善并不因此而恶，恶也并不因此而善。即使人因为善困难而为恶，或为恶困难而为善，但善恶之本质不变；十、我人假如事前业已确知某事一定发生，则某事之是否发生，可毋庸置疑；十一、若某事并不一定发生，则某事可能发生，亦可能不发生。

关于自由意志的问题，密尔顿在《失乐园》①中，讲起魔鬼们也为此事伤透脑筋，得不到结论：

曲曲折折，茫无头绪。

① 第二章第五六一行。

乔叟在《坎城故事》①中也说起：

> 经院里众说纷纭，
> 这个题目实在辩不出一个结果，
> 发表过意见的怕没有十万个人？

我们讨论到这个问题，未免也要参加一点意见。其实关于自由意志问题，我们人人都是专家：我们可能读过很多书，我们可能没有读过多少书；我们可能研究过这个题目，我们可能没有研究过；可是我们谁都在清醒的时候，运用过自己的意志，因此谁都知道一点意志是如何自由运用的。

爱德华兹的论点要旨是：我们确有“遵循我们意志的自由”，可是我们却没有“选择行动的自由”，因为动机有强有弱，我们总是按照最强的动机行事的。自从亚当堕落之后，我们这种凡人——就是亚当的子孙——的行事，总是倾向于坏的方面，因此我们的动机——连带的是我们做事的决心——都是朝坏的路上走；可是上帝额外丌恩，随意挑选一些“蒙恩的选民”，只有他们的恶念，可以消除，而善念代之以兴。爱德华兹说：“若以自由意志为一切道德、善恶之根据，则我们无需再依赖上帝和基督，关于我们得救之事，我们也无需再信仰崇拜上帝和基督了。”

爱德华兹的一般理论也许有承认意志自由之处，但是他在本书里面，推理非常严密，读者读时，真觉得我们的意志被他的逻辑捆得缚手缚脚，半点动弹不得。但是当我们把书放下的时候我们总觉得我们

---

① 见 *Nun's Priest's Tale*，四一二—四一五行。

多少还有一点自由；我们不免要学伽利略①那样说一句：“它还是在动呀！”我们也学约翰生博士②那样老吏断狱似的把这问题干脆地解决了：“我们确知我们的意志是自由的，因此没有什么可争的了。”

有几位哲学家态度十分武断，我们虽然自问所知颇清，可是恐怕没有他们那样说话有把握。英国哲学家霍布斯说：“小孩子玩陀螺，陀螺受鞭抽动之后，东西转动，一下子转到这边墙下，一下子转到那边墙下，有时站定旋转，有时撞到人的小腿上；假如陀螺有知，只觉察自己在转动，而不知道谁用鞭子抽动它的，它还会以为它的动作都出自自己的意志呢。我们人类，一下子到这里去谋差使，一下子到那里去谈交易，写些不通的话，还要别人来解答，闹得举世不安，我们还以为是自己的意志做主；我们既然看不见谁在鞭动我们的意志，我们是否比陀螺聪明呢？”莱布尼兹同样的用磁针作为譬喻：磁针不知磁流的作用，它老是指向北方，还以为独立的行动呢。

因此我们虽自觉意志是自由的，但是可能一切都是受制的，机械的，也许事实真是如此，也未可知。康德对这个问题另有一个解决办法：他把“意志”从“现象界”中抽出，把它列入“本体界”内，不受“现象界”的经验法则的支配，不受时间系统内的因果法则的规范。他因此定出一种“绝对命令”的理论——“绝对命令”是道德法则的制定者，凭着“绝对命令”做事，一个人的行为就可以放诸四海而皆准，成为道德的规律。德国路德派神学家缪勒（1801—1878）用这几句挖苦的话来转述康德的理论：“康德要使人成为自己的立法者，于是叫人做一件矛盾的事情：他把一个人分而为二，一方面是命令

① 伽利略主张地球绕日而行，教会强迫他放弃这种“邪说”。他虽然答应放弃，但最后还说这么一句话。

② Boswell《约翰生博士传》第二卷（1796年言行录）。

者，一方面是受命者，为的是好让自己听从自己的号令。”康德的理论有时几乎成了一种怀疑论（假如这不算是唯物论的话），他在《实践理性批判》一书里把道德捧得何等崇高，但是他在附注里，偏偏说了这几句泄气的话，因此他的满盘道德理论似乎只成了一张没有签字的支票：

> 一切行为的真正道德问题——我们所作所为究竟是善是恶——我们是完全不能知道的。我们所能评价者，只是行为在经验上的效果。至于一件行为细细考究起来，多少是由于自由意志，多少是由于人的天性，多少是由于“咎不在己”的过失，多少是因为脾气生得好，恰途其会地做了一件好事——这种种因素无人能够发现，也无人能够绝对公平地给它们一个了断。

生理心理学家对于意志问题，也应用生命现象的一般法则来解释。法国哲学家古尝（1792—1867）评英国心理学家哈德莱（1705—1757）曰：“取人的理钾和生理双方联合以研究者，要推哈氏为有史以来第一人。”这句话是否确实，固尚待考，但是哈德莱的确解释了许多种人身的“自发的动作”——即后世所称为“反射动作者”便是。他的“震动”的假定姑且暂置不论，他的主张“成人的意志活动是从婴孩时期的自发活动演进而成”实在是科学上一大贡献；无意志的活动可演进而成意志的活动，哈氏虽不一定首创其说，至少也是在这方面研究的一个开山祖师了。意大利的加尔佛尼（1737—1798）首先注意电流通过蛙的后腿发生扭动的现象。后人继起研究，于是有英国人卡本德（1813—1885）的“不自觉的脑筋活动”之说：说话的机能和人生其他种种活动，都由脑子的某些部分专司其事。关于人生的精神活动或道德行为与神经中枢的关系，生理心理学家不得不借助于解剖学家和病理学家的研究了。人体之中有活的电流，也有活的电池；笛卡儿既幻想灵魂存在于“松果腺”中，科学家们认为意志也许就存在于脑子某一部分中。

每个人的各种行动，看来好像是由于自己决定的，但经科学研究结果，这行动，渐渐的都成了心理学所谓“反射作用”，意志自由在很多方面可以解释成为机械活动。个人既然如此，推而广之，人类的社会活动，也渐渐地被认为是同样的“反射作用”，而人类的社会活动也就造成了我们的历史。有人说，历史总是重演的，意思就是说：人类的社会就同蜂蚁的社会一样，在同样的环境之下，一定会产生同样的行动——除了这样解释以外，这句话还有什么别的意义呢？分析到最后，所谓“人性的法则”除了“每个器官都遵照其各别的刺激而发生反应”以外，还表示些什么事实呢？重物无支则下落，弹簧受压则反跃，意志活动受动机的支配，是不是有同样的必然的因果关系呢？

我们愈用分析来研究意志问题，我们就愈会发现意志实在是受个人各种无量数的内外条件所决定的。每个人的生活条件都可化作一条基本原则，这个我们可以称之为“个人的道德方程式”，每个人的方程式可能各个不同。假定罪恶是红色的（英文里这类譬喻很常用，如“罪恶猩红”等），假定善行也有一种颜色，姑且是绿色吧，我们知道就有很多人分不清“善”和“恶”。我们有理由相信：天下既有色盲之人，也有一些人对于善恶的辨别，多少也是盲目的。法国心理学家戴斯宾（1812—1892）氏的《自然心理学》一书中，就不乏这种例子；我们本国的法院犯罪案卷中，也可以找出许多这种善恶不分的人。爱德华兹和他这派神学的鼻祖加尔文，都相信善恶前定，我们也渐渐地

同意他们的说法，所不同者，他们主张人类的恶性得自祖先亚当，我们主张人类与生俱来，就有某种倾向，有些是善的，有些是恶的，可是个人对于这种倾向，却不能负责。爱德华兹虽有善恶前定之说，可是他主张“人与机器，是绝对完全彻底不同的：人有理性、有悟性、有意志，是故人可以选择，可以决定；他的意志由他的悟性的判断或见解所指导，同时，他的外表的行动与行为，甚至于某些方面他的思想与心理活动，也受他的意志的支配。”可是他这种言论，只是使他的教友听了更为迷惑，有一句讽刺的话，曾传诵一时，可以代表一般乡下老百姓对他的主张的反应：“你能，可是又不能；你该，可是又不该……”爱德华兹讲道的要旨，不非要调和两项无法调和的教条：一方面是人性本恶，另一方面是人有作恶的自由，人必须负起他不该负的性恶的责任；那些乡愚们一针见血之谈，把他的一百篇讲道文的道理都一笔勾销了。

可是这个问题，我们还需稍加说明。爱德华兹主张“意志总是受最强的动机的决定，而人的最强动机是偏于作恶”，话虽这么说，我们总觉得我们在选择之前，确有选择的自由，这种感觉已深入我人之心，几乎成了我们的一种信念。

我们在抉择的时候，常常觉得左右为难，这种困难是需要用力量来克服的。

我们回忆过去，总觉得有些事情我们已经做了，可是我们可能不做的；有些事情我们应该做而没有做的，我们觉得我们也可能做成的，我们因此视情形不同责备自己或宽恕自己——我们这种感觉事实上也几乎成了一种信念。

这一类的信仰我们可以认作是一种“自我欺骗”（如霍布斯和莱布尼兹所说者），或者是“上帝对人类的欺骗”（如爱德华兹认为英国神学家凯姆斯勋爵[1]所主张者），可是我们这种“本能的信仰”——相信我们能够在善恶之间有所抉择——也成了我们行为之中一种强烈的动机，我们自以为我们是自由的，这个信念是我们整个道德人格的枢纽。“我人之所以能作某事者，盖我人自觉作之也。”抉择虽有困难，我们所以仍能抉择者，也因为我们自信能抉择之故。很侥幸地，这种信念根深蒂固，任何巧辩，都不能加以动摇；我们说是“侥幸”的，因为道德就建立在这种信念上面，教育从此假定出发，再加发扬光大，法律的制裁以及执法的判决，都根据这个信念。我们可以把人说成一种机器，但是这种机器有它自己的信念，它相信自己为善为恶，都凭自己的抉择。它相信自己的努力与自己的堕落，都有内在的力量为之做主，而和重力和弹簧等无关。

大体而论，我们关于“自由”和“受制”的问题，也可听凭常识来解决，正如爱德华兹对于“物质世界”的存在的解释一样，爱德华兹说：

> 我们假定“物质世界”是绝对依赖“理念”而存在的，即使如此，假如我们对“物质世界”，仍维持旧日的看法，亦并无不妥之处。
>
> 我们对于“物质世界”的存在，即使按照通俗的看法，并无丝毫妨害，决不违背上帝创造“物质世界”的初衷。

因此，不论玄学家如何论证，生理学家如何实验，统计学家的平均数字，我们即使按照通俗的看法，假定人类有自决的能力，对于善

① 凯姆斯勋爵 Henry Home，Lord Kames(1616—1782)。

恶的抉择，自己应该负起责任，这样并无丝毫妨害之处。

爱德华兹《论原始罪恶》(1758年于波士顿出版)是照中世纪普通的说法立论的。下面所引一段，读者可看作是“神学上诡辩”的一个例子。有些人以为原始罪恶，是人性中本具恶质，而爱德华兹是反对这个说法的：

> 说者以为：人性之邪恶，盖由于某种邪恶之影响；所谓“人性之中，由于种种原因，乃有恶质渗杂在内；此恶质者，初非吾人所自行选择，吾人之灵魂，乃如中毒、如染色、如感病，竟因恶质之故，一改其天生之禀赋、才具与性情焉。邪恶者，盖深植于毋腹中之怀胎也。”吾人对此说，殊不敢苟同：人性本恶，唯吾人无假设恶质如中毒、如染色、如感病之深入人性，所谓恶质者未必是绝对之恶，未必有任何天赐或人为之恶因或恶影响而造成其恶者；吾人亦无需假设人心之中，天生具有恶泉，而恶行滚滚而出。无论何人，苟能不偏不倚，细察万物之本源，必可发现：人如仅缺乏积极善性，不必有任何恶质之影响，亦可使人心败坏；盖人如缺乏积极善性，必亦不能感受圣灵之影响，以接受或保持此种善性，人所有者仅为自卫自存求衣求食等等本能，更不复有神圣之原则，为人格之主宰；故无善酱恶，未必感染恶质之始为恶也。亚当堕落后之所以具有恶性，即此之故；而后世人类，既因亚当之堕落而堕落，因亚当之作恶而作恶，其恶性亦即此理。

这段话的意思说；毒死是死，不进食物亦会死；但丁《神曲》“地狱篇”第三十三章里就讲起某大主教饿死乌格利诺祖孙三代事，足见

缺乏善性之为恶，亦不亚于不饮食之能致人之命也。这种论证之谬误，我们还是让德国派神学家缪勒来揭穿吧：“宗教家公认：上帝是万善之本，不可能是罪恶的原因；但假如上帝不赐我们以善性，我们就因此为恶，这个与上帝之赐我们以恶性何殊？既然照因果律说来，上帝是我们作恶之原因，那么这就和宗教的基本原则相矛盾了。”耶鲁大学神学与教会史教授费休（1837—1909）也有类似的反驳。他说假如上帝不赐恩于我们，我们因此不得不作恶，“那么我们就不可以说：这是上帝消极地不使我们为善而已……必然的结论是：上帝就是作恶的原因。……我们不知道如何可以避开这样一个结论。”

天下有些观念，不单是错误，而且是荒唐；这种观念可以破坏我们整个的思想秩序。它们之有害于我们的理智，就如邪恶之习惯之有害我们的品格一样。爱德华兹和加尔文一派神学家以为：亚当的子孙应该负起亚当的罪责，这就是这一类的荒唐的观念。祖宗犯了罪，子孙不免因此吃苦，但这是子孙的不幸，世间果有公道的话，应该把责任分清楚的。地狱假如为惩恶而设，但亚当之子孙既因祖先之故，“不得不作恶”，那么地狱就失掉惩恶的意义，成了一种残暴的浪费而已。爱德华兹虽智力过人，但其思想偏多这种生破坏影响的观念。他以为人类在出世之前，在数千年前他们祖宗的时候，就已成了罪人，这便是一个例子。

爱德华兹讲起人类的将来，所用的文字特别可怕，后世人看了，不免要起反感，这也是很多人反对爱德华兹的一个主要原因。他的讲

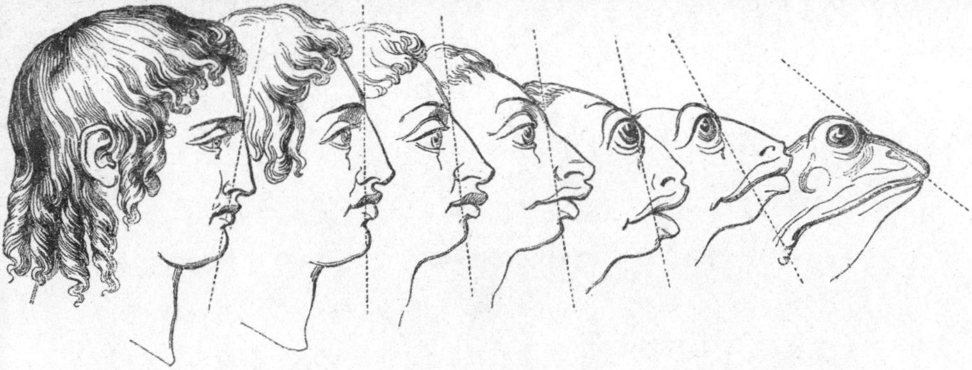

道文中，详详细细地描写地狱的结构和种种机关，我们在这里也无需赘述。但丁《神曲》中虽也有类似的描写，但到底但丁是中世纪的诗人，爱德华兹是近代人，所写的又是直愣愣的散文，所以但丁我们能够读得下去，而对爱德华兹却是无法领教了。英国散文家摩莱（1838—1923）在他的一篇文章中说起“最腐蚀人心的恐怖幻想，莫过于‘永久惩罚’一说”。爱德华兹尽力的把地狱里的恐怖，烧炙到人的灵魂里去。地狱成了一种实验室，“多数人类”都要送进去，受那分尸炮烙之刑。人身进了那实验室，感觉既然变得特别灵敏，同时每条纤维，每个细胞都有火钻进去，燃烧不息；那火与人间之火又不同，人间的火，炽热莫如石灰窑和熔炉，但是这种火比起地狱里顶温和的火来，还只能算是冷气而已。地狱里面，日日夜夜（假如地狱里还有日夜之分的话），人类大多数都得经受火刑之灾，不休不眠，永恒无极。

爱德华兹如此刺激我们的感觉，也有可原谅之处。我们不得不承认：爱德华兹并没有独创一家之言来吓唬我们，他只是摭拾他人之言而已。

苏格兰的一位牧师吉尔斯比（1708—1774）曾经写信给爱德华兹道：“敝邦有一位神学大家卜士顿的作品，例如‘人类之四态’等，贵国亦有所闻否？”爱德华兹的回信说：“卜士顿先生之大作‘上帝施恩合约的一种看法’，鄙人曾加研读，惟其思想组织，鄙人自叹浅学，莫测高深。其‘人类之四态’，则鄙人曾经拜读，而且深为爱好。若就此书而观，则卜士顿先生者诚不愧为神学家之巨擘也。”

苏格兰爱特立克地方的牧师卜士顿（1677—1732）是加尔文派理论权威，他死于1732年，但是我现在所引用他的那部文集并没有注明出版年月，当是近年所刊，出版地点印明的是：美国费勒特尔菲城长老会出版部。

爱德华兹文章中的凶险字句，曾为识者所讥，然而明眼读者不难发现：他的文字实在大部分从卜士顿那里稗贩而来。他的措辞和譬喻很多都不难追查它们的来源。录引《圣经》之处且不必说，其他还有些地方是两人共同引用别人的话的；但是爱德华兹很多话，都是明显地有其出处。爱德华兹和卜士顿讲起“无限的责罚”来，所用的是同样的理由；两人都讲起地狱中熊熊的炉火；都说“灵魂悬于一发之上，而烈火焚于其下”；刑期无限，两人都用同样的话来描写。一入地狱，人之天性也就此汩灭：女儿在火焰之中，母亲不会有怜悯之感——这是卜士顿说的；爱德华兹说：父母看见儿女被驱入狱火之中，他们反而歌吧“阿立路耶”；而狱火之中的犯人，据说是受“活烤”（爱德华兹语），而且还要“高声大叫”（卜士顿语）。

爱德华兹关于“炼狱”的但丁式的描写，其真正来源，由此不难探求。能写这一类凄厉夺目的描写文章，未始不可在诗人中备一格；可是我们既然知道这些话不过是从卜士顿那里转袭而来，而卜士顿的炼狱也不过是在模仿西班牙的“异教裁判所”，在文字上替恶人立一个火刑而已，这么一来，爱德华兹是否具备诗人的想象力，就很成问题了。可是这种凶恶的地狱景象，不论是爱德华兹所独创，或是抄袭他人而来，并不一定有启信证道之功；很多人看到这种话，反而对于教义要生恶感——不但那传道之人要受人痛恨，连他整套的教理都要给人憎厌的。“那些没有心肝的教会里的老顽固①，算是什么东西？”不敬天神的人会这么问，“他们凭什么把我们的灾难、我们的妻子儿女的灾难，像块糖似的老在嘴里嚼个不停？”

可是请上帝饶恕他们！他们虽然言语凶恶，开口不离地狱，但是他们之间无疑大多数人都是心专诚挚，就像当年“异教裁判所”里执法如山的教会法官一般。

爱德华兹这个人无疑天生也有一些温柔的情感，他那篇论文：《论宗教情感》（1746年波士顿出版），若是先看标题，读者也许以为里面总有不少慈祥恺悌的话了。可是事实上大谬不然：假如爱德华兹的传道文是一颗刺入人心的铁钉，他这篇论文就好像一把铁锤，把钉子再往肉里面打。他先替“罚恶的正义”在地底下造了一座实验室，其中具备各种私刑家伙，基督信徒本来已经心神惶惑，现在再一读他这篇大作，更不免满怀疑虑；他们扪心自问，不论自己如何虔敬，上帝恐怕还是拿他们看作不齿之列。信徒们的热忱和禅悦，他们对宗教仪式的喜爱，他们对上帝的欢呼鼓颂，他们的虔信等等，都不能算是“沐受圣恩”的征象，因为“圣灵之救世宏猷与庄严妙相，魔鬼既能冒充之；则世人领受圣恩之前之种种征兆，未始不可为魔鬼所伪造者也”。——总而言之，谦逊的基督信徒对于自己的心理状态，一定会因此弄得大惑不解，而新的《腓立比书》四章七节说的“上帝所赐的出人意外的平安”也成了一句毫无意义的空话。这样说来未免太泄气，但是彭扬已经有言在先了②：

① 原文作Torquemadas，此人乃15世纪西班牙“异教裁判所”之首席法官，杀人无算。

② 《天路历程》十三版木刻插图下面的诗句。

基督信徒从来不会长久地平心气和；

一个恐惧刚刚过去，另一个恐俱又把他抓住了。

一般而论，我们可以武断地说：爱德华兹的著作中，凡是以引用《圣经》为主的或是大量引用经文的，我们读来都不会十分得益。他在这种著作里，把经文随意曲解；就像中国的雕刻家一般：我们拿起一块树根或是一段树枝，先凭想象看看它们原来长得像件什么东西，然后再添上自己的手艺，把它们雕成飞禽走兽之状。不但如此，《圣经》若被认为是一本所谓“金科玉律”的书，凡事都可靠它解决，这对于理智的健康，总是十分有害的。亚里士多德的徒子徒孙假如捧住老师的著作不改，医生们假如熟读了“医圣”希泊克拉底（前460—前370）和贾伦（131—201）的著作，专靠它们来医病，这也是有害的。天下的圣经贤传，都曾经因为被人盲从之故而妨害了人类心智的发展。美国就有人根据《圣经》，主张黑奴之不可废，这就是近代的一个例子，读者想还记得。所以爱德华兹的注解《圣经》之作，我们可以不必重视，那里面并没有什么了不起的思想。《创世纪》六章二节说：“神的儿子们看见人的女子美貌，就随意挑选，娶来为妻。”他们的结合产生些什么怪物呢？据说其中之一就是《妖怪——天主教》。《列王记（下）》第六章记先知以利沙“砍了一根木头，抛在水里”，沉在水底的“斧头就漂了上来”，据说那根木头就是代表耶稣基督，铁斧所代表的是人的灵魂。《马太福音》十七章二十七节记耶稣对彼得说：“你且往海边去钓鱼，把先钓上来的鱼拿起来，开了他的口，必得一块钱，可以去拿给他们，作你我的税银”，据说这段故事的涵义是：“传福音之人应向听福音之人收受物质报酬，盖听福音之人者，龟也，传福音之人者，渔人也，为耶稣基督钓取人之灵魂者也。”——凡是能够接受这一类的解释之人，不妨拿爱德华兹的《圣经诠注》①一读。

爱德华兹以其独特的人格，动人的教理，在上一世纪新英格兰地方的神学界中，留下不可磨灭的影响；其人之思想要点，前面已经约略介绍了一下。讲到他的生平，那么他享寿不永（五十五岁），一生少欢。1727 年，随外祖父所罗门·史托达卜居于麻州之诺桑普敦，史托达为当时有名牧师，爱德华兹时方二十四岁，也已开始传道。史托达卒于 1729 年，前文所讲的两次的振兴布道运动，就是在他任牧师期内举行的。关于那两次运动，他都有文字记载其事。他的那篇《现阶段新英格兰宗教奋兴运动杂感》自从出版那天开始，就广为流传，凡是传福音的牧师，谈到他所讲的问题，都是拿他这一本书作为教科书的。

从他这一本书所描写的看来，当时情形很使人联想到中世纪时常发生的“宗教热狂”。文中有几段读来真使人觉得好像描写的是一种瘟疫——其情形之可怕，不亚于狄福的《大瘟疫年目击录》②。昏厥、痉挛、瘫痪、眩迷、狂呓、战栗、幻象等等，在当时是很普通的现象，小孩子参加了一次奋兴大会，就会一路哭着回家；有些人因此就丧失了理智，成了疯子。爱德华兹对此事的评语，也许说得过火了一点：“疯狂之为害，我们实无法判定；因为疯狂的后果，我们无法完全知道；而假如疯子不发疯，他会成什么样的人，我们更无法知道了。从这方面看来，疯狂也许不成其为害，也许还是一件好事，因为一个人发了疯，也许就不犯更大的罪恶了。”爱德华兹写下最后一句文章的时候，我们不知道他是否觉得有点滑稽可笑，他绷紧的脸不知是否就放松了一下。

① 此书《爱德华兹全集》中未收。

② Daniel Defoe: *A Journal of the plague year*.

奋兴运动最热烈的时候，有一个穷人满腔愁绪，无处发泄，竟然想举刀自刎而死。还有一个颇有地位的上流人士，对于自己灵魂的不能得救，十分忧虑，“然亦不敢存得救之希望”，最后果然真的自杀了。“此事发生之后，本城及邻近各城人士，均效法其人之所为，自杀之念乃大盛。”一般虔诚教徒，本来对于自己灵魂的得救不得救，不存什么疑虑，但是现在也大为厌世，好像耳朵边老是有人在对他们说：“自刎了吧！现在正是好时候，切莫迟疑了！”

时间过了不久，人心大变。1744年，爱德华兹描写当时“新苏格兰可悲的情形”时，他是这么说的：“二年之内，世局大变。虔诚信徒堕落者颇不乏人；行为为检者有之，妄自尊大、狂放不羁者亦有之；更有心情萧索，对宗教事务漠不关心者。”可是皈依的教徒之中，多数（他希望大多数）都是道地的信徒；他又希望且相信：上帝会恢复他的奋兴工作。

七年之后，他于致苏格兰神学家欧斯金（1680—1754）一信中说：最后一次奋兴运动所感化的教徒中，颇有信心坚定之士，只是据他看来，比例没有苏格兰那么大罢了。原文说：“皈依之教徒，据其言谈表示，鄙人实不敢信其真正已受感化。三春花放，其能经风雨而不凋，结实生子者能有多少？据此而观皈依之信徒，亦可知真正收获之多寡矣。”其实《马太福音》（第十三章）耶稣的比喻所说的那个撒种者，收获本来也不多，爱德华兹有成绩如此，也不算失败了。

诺桑普敦之人，听这位雄辩滔滔一代圣人的布道大家的讲道，达二十四年之久。他和他的教民之间，龃龉时生，这个我们也不必细表。年轻教友们听了他的道理之后，行为反而日益不检，他们的家长唯恐被人发觉，因此十分惶恐——这个问题，功过谁属，本很难讲，我们在这里提一笔也就算了。最后一次吵闹是关于未受皈依之人可否领受圣餐这个问题，这一点他的外祖父本是赞成的，可是他说他为了良心问题，不得不反对。

最后教民投票罢免他的牧师职务，此事原委，我们当然可以假定还不止上面的几件事。教会公开向人民征求意见：“诸君是否坚持罢免爱德华兹之教职”，大多数人（二百余对二十）都主张把他罢免。

他孜孜不倦地讲地狱里无穷的痛苦，这对于他的听众，无异是一种虐待，一般不带病态心理的普通人，听了难免要生厌。我们人类，总算都是上帝所造，怎么犯了一点小小过失，就要受到暴虐无度的责罚；这点凡是有恻隐之心的人，都是无法相信的。新英格兰的地方，在英人移殖之前，本来是草莽未辟，蛮夷之邦，而爱德华兹的思想偏偏带着很浓厚的野蛮人色彩。野蛮人讲究报复，爱德华兹也讲报复，他的“正义”是“报复的正义”——而且这种报复之心，永远不能餍足，比野蛮人的报复还要厉害；上帝竟然会想尽各种主意，用顶毒辣的酷刑来对待世人：在摇篮里的小娃娃，就身负祖宗重罪，怨毒缠身；一人受苦，四周闲人，还要欢呼叫好。人生本具的善良气质，婴孩的憨态稚气，儿童的活泼嬉笑，少年的天真可爱——柏拉图所想象的美德，普卢塔克①所描写的善行——这一切都给爱德华兹灸上了烙印，留下了焦黑的标记：“人性本恶”，这一切都是受了上帝的咒诅。

爱德华兹本人的确才富学广，德行高超，辩才无碍，可是他老是把别人称作“毒虫”、“臭蛆”、“地狱里的柴火”和其他种种恶毒的名字，试问大家如何能忍受得了？尤其是当地的母亲们，她们读到了他对于她们小宝宝的咒骂，试想她们会起怎么样的反感！本文作者有一次在公共场合中，曾引用过几句爱德华兹的话，事后有一位德高望重

① 普卢塔克 Plutarch（希腊传记家，45？—125？）的《希腊罗马名人传》（*Parallel Lives*）中有很多善行例证。

的正统派牧师写信来问我：这几句话出典何在。他提出这个问题，并不足怪，因为第威德——（此人即系爱德华兹的外孙，提出那个问题的牧师也就是第威德教职的继任人）所编的《爱德华兹全集》十大卷中，的确找不到那样的话；英国所印的“全集”中也找不到。可是1832年在纽约出版的爱德华兹《论奋兴运动》一书的新版中，那位编者却把下面这几句话印进去了，也许那位编者认为这几句话无须删去，删去也许反而不忠实了吧：

> 儿童貌似天真，其实基督的恩泽，并不及于他们；上帝也不把他们看在眼里。因为他们是小毒蛇——比真的毒蛇还要可怕万分。他们的处境，凄惨之至，就同成人一样。儿童只是野驴生下来的小驴，天生愚笨无知，我们要费很大的力量，才能使他们觉醒。

《圣经》里有一段话，做母亲的常常爱读它的，爱德华兹会不会把它改成这样呢？（《马可福音》十章十四节）“让‘小毒蛇’到这里来，不要禁止他们，因为在上帝国的，正是这样的人”。

我们对于此事的解释是：爱德华兹不好算是新英格兰人，他的思想来自苏格兰，他也只好算是个苏格兰人。他离开诺桑普敦的教职后，又到麻州的斯塔克勃立奇去住了几年，然后他受任为新泽西州普灵斯顿新泽西书院的院长——这个差使可惜发表得太晚了，若是早几年发表，实在对于他自己和他的教民，都有莫大的好处。因为在新泽西州，苏格兰派神学一向兴盛——有的是直接来自苏格兰的神学家，也有本土的神学家，接其余绪，从而发扬光大之的。加尔文派神学，很像是苏格兰的蓟花，到了新泽西州，成了当地的州花，可是比起当

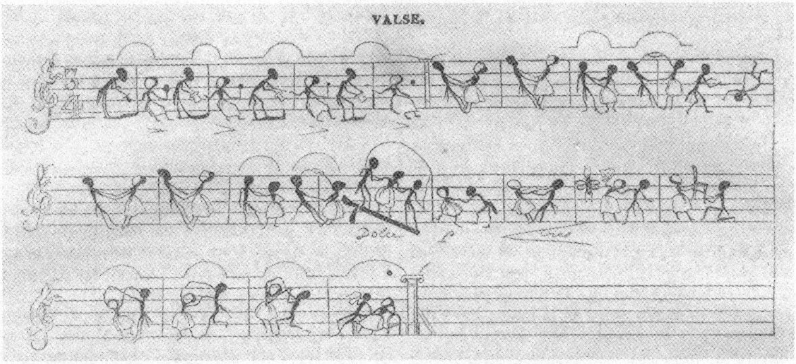

年苏格兰爱特立克地方的“司牧”卜士顿的思想来，这里的花是刺少花多了。爱德华兹到了普灵斯顿，没有正式受任，就溘然长逝，死时信心不减，而希望增加。他对于人类已经不这么悲观，这点我们下文还要讲到；他的文集虽然给我们一种悲观的印象，但是他死前的看法已经多少有点改变了。

说了这么多话，关于爱德华兹，还有几句概括的批评，读者想还有耐性读下去的。

人性之是否近乎宗教，就像音乐欣赏能力一样，似乎是天生的。天生没有欣赏音乐能力的人，听见钧天妙乐，只以为是管弦嘈杂之声，他要是来批评音乐，发言时应当十分谨慎。所以真正“圣人”，也得要性格圣洁的人，才能欣赏。可是对于宗教不论如何淡漠的人，读到爱德华兹的“誓文”，对于他的纯洁的品性和高超的思想，一定会肃然起敬。可是我们不必因此对他的信念与行为，就不敢批评。我们最近看到过：盲目武断的“信仰”，曾引起父母杀死儿女的惨剧。圣洁的性格并不能担保一个人的思想和行为就没有错误。

爱德华兹的思想，就我们今日的眼光看来，是野蛮、机械、唯物悲观到了极点。假如他晚生了一百年，呼吸到了自由空气，他的传道文也不会如火山爆发般的，充满了旧时代的野蛮思想。孟德斯鸿这句名言，在现在这个时代，我们才能够充分欣赏：“东方的暴政假如使我们为之发指，那是因为那些暴君不受法律约束之故。共和国则不然，共和国立法之人即为人民本身，因此法律必定得宽厚和平之旨。”我们现在既有自治政府和宽厚的法律，我们对于神权统治，一定另外有一种看法。爱德华兹的思想，得自卜士顿之启示者颇多；卜士顿想象中的神权统治所以如此可怕，他所以要叫他的听众在地狱中去受酷刑，因为苏格兰当年是采用酷刑之法，迫使犯人招供的，那些恐怖的日子，还保存在卜士顿的回忆之中。卡斯泰斯①在荷里卢宫受审，在枢密院主持之下，严刑逼供，拇指上螺旋夹棍者，达一小时有半；那时卜士顿年六岁，他一定从小就听见大人讲这类故事的。

爱德华兹所设想（或采纳他人所说）的神明之中，没有一位比“正义”更不近人情的了。那位“正义”简直是铁一般的机器，它不让做父亲的伸臂去拥抱他的儿子，浪子回家了，它决不会宰了肥牛犊去欢迎他，他要宰了浪子去赎罪②。

我们有理由可以相信：爱德华兹的真面目恐怕并没有全部公之于世。我们在前面已经讲过：替他编印全集的人，看到有些话可能引起读者的反感，就替他把它们节略了。不止此也，还有一件更重要的事实也该剖析明白的。本文作者曾经从某绝对可靠方面得知，爱德华兹曾经写过一篇稿子，（现在不知是否尚在人间了），里面的主张同他当初正统派教义大相径庭，他很有转变到亚利派③和萨培利派④的倾向；

---

① 卡斯泰斯 William Castairs(1649—1715)苏格兰牧师。1683 年有人阴谋杀害国王查理二世，卡氏牵连被捕，架返苏格兰受审。

② 《路加福音》十五章十一——三十二节。

③ 亚利派(Arianism)认为圣父圣子并非一体。

④ 萨培利派(Sabellianism)否认三位一体之说。

整理爱德华兹遗稿的人，好像毒蛇要装得像鸽子般地驯顺一样，决定不把它发表。假如我们在安杜佛[1]的朋友们，惠然肯把有关那篇文稿的真相公布，那么关心这个问题的同好君子一定大表欢迎。以爱德华兹这样一个善良干练的人才，竟然相信一种比野蛮邪教还要惨无人道的教理，这是很值得惋惜的；假如他死前能够幡然觉悟，他的久经束缚的理智能够摆脱羁绊，走向健全之路，这实在是值得欣喜的一件事情。

爱德华兹的神学所以呈现病态者，无疑和他的多病之身有关。他既体弱多病，性情亦抑郁少欢，乃不断反躬自省，分析善恶问题，我们读他的日记，可以得到充分的证据。贾尔敦[2]在他论“遗传”一书中，研究了许多位教士的生平，然后得到这样一个结论：“教会牧师通常都是以病弱之身，度其残年……宗教家的传记，都是带点病态的。”泰纳[3]论英国诗人考波时，也这么说：“考波的心情十分忧郁，不断悲观失望；因他的神经和心灵上的严重疾病，他成为一个清教徒，终于厌世发疯。”

经常不断的反省检讨，是会引起精神上的忧郁症的。假如一个人一天把脉二十次，每隔一两小时就检查一次舌苔，早晚量体温，一星期称三四次体重，这样疑神疑鬼下去，不久是会出毛病的。同样的假如一个人老是替自己的灵魂把脉，替情感量温度，在天平秤上一头放着无量的理想的善，一头放着自己因人性的限制，不得不有的各种缺

---

① 指“安杜佛神学院”，(Andover Theological Seminary)，1867 年成立，以推广加尔文教义为职志。

② 贾尔敦 Sir Francis Galton(1822—1911)英人，首创优生学，其名著 *Hereditary Genius* 1865 年出版。

③ 法人泰纳(Hippolyte Adolphe Taine. 1828—1893)的那本《英国文学史》很有名。

点，两面不得平衡的不断的称着——这样一个人也会出毛病的。

这种忧郁的不断反省的日记作家，使我们联想到小孩子在小园里种豆的事故：小孩子早晨把豆子之类的种籽种下土去，到了晚上就把它拔出来，看看它到底生长得怎么样了，或是长了芽了没有。自我检讨的日记作家也是一样，到了晚上就把自己的性格连根拔起，看见根上沾满了累累泥土——殊不知泥土者，乃植物生长之所必需，而人性者，也就是培养道德生长所必需的土壤也。这种人是见不到肮脏的，看见了就直替自己叹气，就像那位圣洁的白莱南博士①一样，总是说自己是“无可形容的污秽可厌”，他自惭形秽，以致“不敢抬头看人”。这样一个人对他自己和周围的世界，都丧失了健全的看法，终必送进医院去为止。

耶利米·泰勒②论人的畏惧天神，有一段话说得好：“对上帝的畏惧，本是天赐之恩，进道之阶，唯性格温顺善良之人，不知善加利用，反因畏惧而陷人魔道，不亦惜战！若辈或则天性柔和，或则因受宗教感化，失其顽强之本性，或则身处逆境，生多忧患，或则骤遭大故，或则禀性寡欢；魔鬼既知畏神之心，犹如节食疗法，能退情欲之热，能灭地狱之火，实魔鬼之大敌；魔鬼所能阻挠之者，唯有因势利导，化节食为绝食，以疲人之身体，弱人之心志，使慕道信士，畏首畏尾，忧愁多疑，战栗惶恐，胡言轻信，甚且口出怨言，诋毁上帝焉。”

今天一般宗教家斗士们拿爱德华兹的大名当作护身符挡箭牌来用，事实上，他的作品很少有人研读，他的教条受人漠视，甚至受人攻击，足见他虽大才桀桀，思想实已走入歧途，非我们所可取法。我

① 白莱南 David Brainard(1718—1747)曾向印第安人传教。
② 耶利米·泰勒 Jeremy Taylor(1613—1667)英国散文大家。

们现在比当年开明得多，对于爱德华兹的一套以“人的堕落”为中心的理论，什么祖宗的罪孽要由子孙来担任啰，什么世上死亡和种种不如意的事，应该归咎我们的祖先啰，对于这些话，我们都已淡淡遗忘了，我们也不大能想象：当年这种话曾被视做金科玉律，支配过许多好学深思之上的思想的。不论我们的祖先是谁，他所负的责任究竟有限，生物之有死亡，食肉动物之有牙齿，蛇之有毒，大懒兽之搏斗，鱼龙与翼手龙之罹疾患病，以及曾经在康乃狄格海岸上遗下爪印的怪兽之绝灭，这些事情我们不可能再叫我们的祖先负责了（讲到这些史前怪兽，我们想起一件事来了，我们在康乃狄格州所发现的神学上的化石如爱德华兹之流的思想，其可怕实不亚于古生物的化石呢）。天文学、地理学、人种学与东方宗教之比较研究，替我们开了一条路，使我们对于我们的祖宗有更进一步的认识；现在又有人类学兴起，凡是东方宗教传统与诠经解经之流所不能解决的问题，都可由人类学家来研究了；当然有些问题为人类所无法研究者，只好置之不顾了。可是我们对于爱德华兹这样一个人好好研究，也可得到许多教训，因为爱德华兹者，据彭可夫说，乃是“集新英格兰旧神学之大成，而开新神学之先河者也”。爱德华兹之大才竟不得其用，这一点也没有人比夫子自道评得再妥帖的了：“理由坚强之人，未必即为理由完善之人。人若心志坚定，自可言之有故，持之成理，然而其人之理，未必即为持平公允之理也。”

爱德华兹之为人，律己甚严，志行高洁，温顺善忍，刻苦勤奋，一心一意，全力推行自己的工作。对于这样一个人的动机，我们殊无充分理由可以加以攻击。可是我们在他思想的硫黄气息底下，窒息已久，现在不妨提出这样一个问题：他这一种的思想，或者类似他这一种的思想，是否为基督教新教多数教徒所共同接受之信仰？不论过去现在，假如相信这种思想的教徒不在少数，那么我们不得不引培根为同调了。培根说得好："假如相信上帝而徒然贻羞上帝，那还不如对上帝这个问题不表示意见得好。""顺乎自然"的普通人，无论如何总比矫情悖理的神学家来得好。与其把上帝弄得像牛鬼蛇神一般，不如奉细胞里的原生质为神明，还比较可以合乎自然一点。

爱德华兹关于"天人关系"的教训，其实际效果至为可怕，实足为后世警戒。在他的奋兴布道大会里，大多数皈依奉教的人，都昏厥了过去；他的滔滔雄辩，所产生的恶果是各式各样的精神错乱、疯狂与自杀。宗教披上了美丽的文辞的外衣，捧得高高在上，可是她的穷亲戚——道德却受尽了白眼，在诺桑普敦布道坛的恐怖统治下长大的年轻的一代，谁还顾得了道德吗？爱德华兹任牧师以来，大失教区人民的欢迎，牧师和他的"牧民"间的龃龉，能够闹到那种程度，也是世所罕见的。假如做牧师做到这种样子还算成功，那么什么样的大灾大祸才能算得上失败呢？

费休教授说："凡性喜研究探索之人，必遭遇种种困难阻碍，然而当代之思想与传统之信仰，均不足以破惑解纷。吾人必需以十分坦白公正无私之态度，方可对付此等困难阻碍，而时机之迫切，亦莫若今日之甚也。"

这些困难的底下，最基本一层的困难，是"人类谪降"之说。这个学说的根据是某一种神话传说，近世科学智识既如此发达，我们是否不得不把这种传说认为是无稽之谈——或者顶多是一种未经证实的故事而已呢？从这个故事里，还推衍出"原始罪恶"及其他自成一个系统的理论，可是这个故事和这套理论，我们不得不把它们都归入乱七八糟的亚洲神话传说里去；神话传说本来是很多种宗教之所寄托，尽管每种宗教里面有真理也有错误。时至今日，我们的意见改变已经是够快的了；我们知道我们的疑问提出来没有多少人会看，其间有一些人看了也不过一笑置之，还有些人会用几句很简单的话把我们的疑问就对付过去了，因此我们的话对于一般的信仰说来，短时间内起不了什么明显的作用。我们现在所以敢把我们的疑问印出来发表，就是因为知道没有多少人会理会的。我们所求于宗教组织和政治组织者，也同我们所求于我们的身体者一样——新陈代谢，细胞的破坏与新生。圣伯芙①以为科学已经摧灭了信仰，所以我们这一时代杞人忧天之流，认为科学将大有害于信仰，也并非全无根据。一个怀疑家欢迎人也来怀疑他；理性主义者自己决不独断，可是他尊重教条主义者的固执的态度。科学发达以后，我们手里都有了猛烈的炸药，但是我们只利用炸药替后人来开路；至于现成的建筑物，它们一向替我们的谦卑而又天真的同胞们遮蔽风雨，至今它的荫蔽之功用不失，我们决不会拿炸药来轰掉它们的屋顶的。

① 圣伯芙 Charles Augustin Sainte-Beuve(1804—1869)法国批评家大家。

霍桑论

梅尔维尔

一座古老的精美的农舍之中的一间糊有墙纸的房间，四周并无邻居，顶近的住家是在一英里之遥，房屋全部到屋檐为止，都浸在绿叶之中——周围是山、古木参天的森林，还有印第安人的池沼——在这样一个地方来写霍桑，无疑是再合适也没有的了。这里北方的空气中带有一种魔力，因为不论从情感或是从义务说来，我都非得写这篇文章不可。我住在这么一块偏僻的地方，可是我受了一个具有高贵而深沉性格之人的迷惑。他的粗野的似乎有魔法的声音在我心灵里直响；有时候他的声音比较柔和，我窗口树丛中啼叫的山鸟，据我听来，就好像是他的声音。

我希望天下的好书都是私生子，没有父亲，也没有母亲，我们就此可以直接赞美书的本身，不要把号称是它们作者的人牵连进去。我不知道一本好书的封面上，应该把什么样的人名字放上去，才算合适。这一点我是深深的感觉到的：一切优秀作家的名字，都只好算是“乌有先生”和“亡是公”，比“居宜氏”这类的笔名更为虚无缥缈；因为作家的名字并不代表作家个人，它所代表的是一种神秘的、不可捉摸的美的灵魂，所谓天才也者，就是全部受这种灵魂支配的。我这种想法也许太玄虚，但是大家都知道：读者假如真的去访问一个大作家，一见面之下，未有不失望者，从这点事实看来，我这种说法，并非全无道理。我们的身体只是一层躯壳，它怎么能代表我们之间高贵的心智呢？我们的救主耶稣，我们公认他是不同凡人的，可是即使是他的肉体也不能代表他内心的圣善。否则的话，为什么当时亲眼看见过耶稣的人，不在他一顾一盼之间，就面圣悟道了呢？我说这句话是满怀虔敬，毫无亵渎之意的。

在乡间公路上旅行的人，常常因为眼前一段篱笆的阻隔，就看不到远处一片最伟大或是最优美的风景，因为眼睛给篱笆一挡，后面广阔的风景就看不见了。这是很奇怪的事。这位号称"苔庐先生"的霍桑，他的灵魂之中也有一片美景，我却到了最近，方才有个鉴赏的机会。他的那本《古屋苔痕》出版了已经有四年了，我在一两天之前，刚刚有缘读到。我常常听说过这本书的名字，我在书店里也看见过这本书，有个趣味高雅的朋友还向我推荐过，说这是一本有幽趣的稀有的好书——这本书也许是太应该畅销了，反而弄得并不畅销。可是天下可以称为"好书"的实在太多，不受大众欢迎的好书也很多，我的杂事又多，因此我那位高雅朋友的推荐，我竟置之不理，足足有四年之久，《古屋苔痕》那永远不谢的绿色，竟不能悦我之目，赏我之心。可是好书同好酒一样，这四年之间，它的味道变得更为醇冽，质地也更为浓郁了。不管怎么样，我虽然耽搁了四年之久，结果却总算圆满。那天早餐的时候，一个乡村姑娘（她还是我的表妹呢），对我说道："我看见你每天早晨都待在那草堆里，昨天我在那边看见一本第威德的《新英格兰游记》。现在我有一本书，比那本好多了，在这里山区里读来，更为合理。这里有些覆盆子，你先拿去吃，等一下我要给你一些鲜苔。”“鲜苔！”我说。“是的，我得把它带到草料房去，不要理那个第威德了。”

她说罢走了，一下子就带了本书回来，此书封皮是绿色的，打开来第一页是一张奇怪的绿纸——原来那真是一片鲜苔，很巧妙地压成纸的样子。“怎么的，”我说，“这是《古屋苔痕》呢。”

我一卷在手，躺在新刈的翘摇草上面，草料房的门敞开着，微风吹遍我的身体，周围草地上的蜜蜂营营地响，我觉得周身舒服，那时这位“苔庐先生”发挥他的神秘作用了。他对于他的“古屋”的客人，说过这几句话：“到别家人家去，可能得到的是生趣，是娱乐，是教诲之益——这种东西，其实到处都是；可是我们能给他们的是休息。对于这些疲乏伤损的灵魂，我还能替他们帮什么更大的忙呢？……任何人进入我们的魔法圈内，我们除了发挥本地的安静的魔力之外，还有别的什么事情可以使他们更为得益呢？”他这句美丽的语言，竟然能十足地兑现！那天整天，我的身体半为那亲割的翘摇草所掩，我就观察这位霍桑先生的“亚述帝国式的朝霞，以及百福赐城似的日落月出”。①

天才受人欣赏的地方，往往是他自己最不足称道之处。知道霍桑的人是有不少了，但是知道他的人只以为他是个轻松的作家——文字是轻松的，为人是喜欢离群索居与人无忤的，这样一个人没有什么大道理，你也别想在他那里得到什么深刻严肃的教训。可是像霍桑这样，“幽默”与“博爱”两种美德发展到最高点，到达了天才的地步——幽默和博爱像座山峰，插入云霄，迎接三十三重天上的光辉——这样一个人是不可能存在的，除非他同时也具备一种博大深沉

① 语皆见霍桑著《古屋杂忆》。

的理智。这种理智，直透宇宙深处，如铅线入海一般，可以测量宇宙的深浅。它和“幽默”和“博爱”互为表里，彼此都不能缺少。或者可以说，“幽默”和“博爱”是“理智”的两只眼睛，理智利用它们来观察世界的。这样一种心灵是具有伟大的力量的，它的不平凡的美，实在是这种力量的产物。

地球有它的阴阳面，霍桑的心灵亦然：一方面是十月小阳春似的阳光普照，一方面则是黑暗笼罩，其黑暗较之人间的黑夜，还要黑暗十倍。可是黑暗只是加强了黎明的效果，在霍桑的世界里，跟地球上一样，黎明是循环的不断的在各处发生的。这种神秘的黑暗，霍桑是否仅是利用以加强他艺术里奇妙的明暗效果，或者是他心灵里不知不觉中真潜伏着一种清教徒的阴影，这一点我也说不上来。我可以说的是：加尔文教派（清教徒）“人性本恶”和“原始罪恶”的说法，其由来已久，而影响极大，任何思想深刻的人，有时候总免不了这种“性恶”的想法，尽管各人的思想方式可能并不一致。“性恶”之说自有动人之处，我相信，霍桑黑暗的一面，所以有这么大的力量，其原因也在于此。因为人在某种心情的时候，总觉得世界上善恶不能平衡，必须借重一种理论（类似“原始罪恶”的理论），有许多事情才说得通。借重这种可怕的思想的人很多，但要把理论连用得如此动人，产生如此恐怖的效果，却没有人比得上这位“与人无忤”的霍桑。更重要的是：这种黑色的幻想弥漫了他整个的思想。他的光明的一面，也许使你很着迷——他替你在头顶上建造一个天空，光亮的镀了金的天空，使你看得很出神，可是天空以外全是漆黑一团，金光灿灿者无非是雷云外面的圈边，时明时暗的是一种光线的变幻而已。总而言之，世界上对于这位霍桑实在是了解错误的。曲解得如此离奇，霍桑自己也当常为之莞尔一笑。那辈批评家的铅线不论放得多深，还量不出霍桑的深浅。你如想考验霍桑这样一个人，用头脑是不够的，你必须用你的心灵。单下研究的功夫，你不能了解何为伟大。除了用直觉之外，你从他那里看不出什么东西。你只要用手一摸，你无需叮当地敲它，你就可以知道它是真金了。

霍桑所以能使我目瞪口呆地读得如此出神，其原因就是我刚才所讲过他的黑暗的一面。可是在他作品里面，黑暗的这一面也许发展得过分的。他把黑暗的各种层次都写了下来，可是他也许连一线光明都没有给我们。不管怎样吧，他这种黑暗的思想，使他的作品有一种阴暗的背景，无限的阴暗笼罩着他的人物和故事。可是莎士比亚伟大无比的想象力，也是在这种阴暗的背景上面展开的；莎士比亚最崇高的也是最确切的头衔，是世界上最伟大的思想家，他所以得到这个名声，就是靠这种阴暗的想象。因为在哲学家眼中，莎士比亚的伟大不在他的悲剧或喜剧。“切下他的脑袋；这样勃金干就完了。”这一类的豪语（还是别人给插进去的），使得全场喝彩。可是喝彩的人是错了，他们以为莎士比亚只是创造了李却三世的驼背和马克白的短剑。莎士比亚的伟大是在他的深刻而发人猛省的哲理——那种突如其来的洞察人生的玄机，那种对于宇宙中心问题的简短快捷的探讨。莎士比亚之所以为莎士比亚，是为的这些东西，从他的阴暗的角色嘴里（例如罕姆莱脱、推蒙、李尔王和衣阿各），他用圆熟的技巧，说出种种可怕的话来，即使不明白说出，暗中也指示到了。这种话我们觉得非常可怕，可是又很真实。这种话假如换了一个好人在正常状态中说出来了，或者是暗示到了，我们要以为他是疯

狂的。以李尔王为例，他受到百般凌辱，忍无可忍，把做人的假面具撕开了，说出种种疯话，疯话里面却又包含着人生的至理。可是我刚才说过的，天才最不足称道的地方，往往最受人激赏，因此大家对于莎士比亚那种盲目的毫无保留的崇拜，往往也拜错了地方。一个伟大的心灵的产物，固然是伟大，但是心灵的产物分两种，一种是看得见而说得明白的，另一种是尚未得到充分发展，或者是不可能得到充分的思想和情感；一种是看得清的伟大，一种是看起来模模糊糊的伟大；这两种比较起来，看不清的比看得清的更为伟大，看得清的是替看不清的做指标，我们根据已经说出来的话，可以确切无误地推知还有许多没有说出来的话。替莎士比亚作注脚写评论的人已有不少，但是很少有人记得这一点，或者看得到这一点的。莎士比亚的作品虽多，但是随莎士比亚一起埋在地下，他所没有写出来的作品更不知有多少。我替莎士比亚捧场，并不完全是为了他的已经写好的作品，主要的是为了他的没有写下或者故意不肯写下的作品。在这个到处撒谎的世界里，真理就像森林里受惊的白鹿一样，惊鸿一瞥，不肯让人看见的。莎士比亚和其他各位大师，他们知道什么是真理，怎样说真话，但是他们说得很隐晦，偶然指点一下而已；所以即使在他们的作品里，真理除了很巧妙地偶然一露以外，还是不肯以妙相示人的。

莎士比亚是家喻户晓的作家，而读者们对他持这种正确见解的还是非常之少；那些赞美莎士比亚的人，很少对他有深刻的了解，或者根本没有读过他的书，只是在机关布景的舞台上看过他的戏而已（莎翁在俗人之间虚名都是从舞台上得来的，自古如此，至今仍然）。要了解莎翁这样一个大天才的哲理，是需要时间和耐性来体验，还得天生有辨别好恶的能力，而有这种时间、耐性和辨别能力的人是非常之少。莎翁的遭遇尚且如此,那么霍桑还是我们同时代的人,他的几乎全部受人误解,也不足为奇的了。偶然在闹市之中,坐在一张安静的安乐椅上的,也许有一个读者,能够多少看得出霍桑的真意义的;这种有欣赏力的读者,也许是躲在深山的一个幽静的角落里。但是霍桑和莎翁还是不同,莎翁受了环境的影响,非得博取虚名不可;霍桑——不论他是根本不愿意这样做,或者他是没有这种才具,总之他从来没有写过胡闹的滑稽戏,或者是鲜血淋漓的悲剧,他是避免一切可以使他出风头的吵闹浮华的,他有过人的理智,他的理智又很少受到激动,从这种理智所发出来的声音是安静而饱满的,这就是他的作品。他的理智所孕育的思想是有不少,其中只有一小部分是在他的宽宏的温暖的肺脏里经过气化作用,又在他赤红的心脏里经过扩大作用——只有这些思想是流传在外的。霍桑向外流传的思想数量虽然很少,但是霍桑已经心满意足了。

假如你不喜欢那种黑暗,你也不必对它特别注意。因为霍桑作品里的黑暗面,普通读者是不会注意的。只有能妙心体会的人,才会能曲意领略。并不是每一个读者都强迫接受这种印象的。

我们在这里把莎士比业和霍桑连起来讲,有几位读者恐怕不免要惊讶。他们可能这么说:霍桑者,一个过时的小作家而已。你要找例证来说明他,找一个小一号的人物足矣,何必把莎翁搬出来呢?卢希福各①有一句警句,"我们把某些人的声望抬高,为的是好把别的人的声望压低";天下有些人,真是拿莎士比亚的名头来压倒别人的;他们对文坛上的有志之士说:你们志向再大也没有用,反正要赶上莎士比亚是不可能的。就我而论,我是不愿意做卢希福各所讲的

① 卢希福各 Francosda la Rochefoucauld(1613—1680)法国作家,著有《格言集》(Maximes Morales)。

那种人的。因为赶上莎士比亚的，的确大有人在。莎翁固然把宇宙参透得很深，但是也有人和莎士比亚参透得一样深的。罕姆莱脱那种超绝的思想，其实并不特别，任何人在某些时候都有过和他同样的思想。不论莎士比亚也好，别人也好，我们总不能为了一个人之故，无形中把人类统统抹煞。有些人自觉平庸无奇，硬是不让别人出头，结果他自己是心安理得也了，但是这样换来的心安理得未免心低贱了。何况我们对于莎翁绝对的无条件地崇拜，已经成了盎格罗-撒克逊的迷信的一部分，英国教会有《卅九大信条》①现在似乎添了一条。关于莎翁之伟大，似乎不容异说存在。你假如不相信莎翁是不可企及，那么你干脆不要在盎格罗-撒克逊国家里做人。可是这种信仰对于美国人有什么相干呢？美国人是共和国国民，在生活方面讲究进步，在文学方面又何独不然？我的朋友们，请你们相信我，在俄亥俄两岸今日所生下来的孩子，其中自然有了不得的人才，比莎士比亚差得有限得很。总有一天，美国人读英国书时，非英国古人之书不读。美国人的大错误可以说是"泥古"太甚，即使那种人，满心指望美国要出一个文学大天才，可是他们多少以为这个天才是同莎士比亚一样，穿了伊利莎白时代的服装，所写的剧本不是根据英国古史，就是根据薄伽丘的故事。殊不知：大天才是时代的一部分，他们和他们的时代是不可分离的，他们必然地具有和他们同样的色彩。我们更不应忘记：莎士比亚在他当时，人家也不拿他当莎士比亚看待的，他只是管辖寰球戏院的"康莎公司"股东之一——莎老

① 《卅九大信条》(Thirty-nine Articles)——英国国教之基本信条，原为四十二条，1539 年缩成三十九条。美国圣公会之信条与此大同小异。

板。有一宫廷作家，名曰蔡德尔①者，直斥之为“暴发的乌鸦”，“借了别的鸟儿的羽毛”来装饰自己者。凡是真有独创性的天才出世的时候，人家给他第一个罪状就是说他“剽窃模仿”，这一点我们也应该要记得的。

我的意思并不是说撒冷地方的霍桑和爱文地方的莎士比亚是同样的伟大，或者霍比莎更为伟大。可是两人之间纵然有差异，其差异绝不是不可衡量的。霍桑只要再多些什么东西，霍桑也就可以成为莎士比亚。

我还有一点意思：即使至今为止，世界文坛上无人能和莎士比亚抗衡，但是只要假以年岁，不论东半球或西半球文坛上，总会出一个人赶过莎士比亚的。因为我们这个世界的年龄并未老迈；过去的世界有一种蓬勃的朝气，以往的大诗人之所以今日受我们如此尊敬者，也是得力于这种朝气，但是我们不要以为这种朝气业已丧失。我们的世界还是很年轻，同刚开天辟地的时候一样年轻，我脚底下浮蒙特州的朝露同亚当脚底下伊甸园中的朝露，是一样的新鲜，自然界的宝藏并没有给我们的祖先发掘完尽，它还有不少妙处，不少神秘，可以供我们后人去发现的。事实上我们的祖先所发掘的真是微乎其微，该说的话不知有多少，他们所说的不过是说了亿兆分之一。以前所说过的话，都是替后人开路；以前所说的话愈多，以后说话的人的路子愈多。近代作家的困难不是题材缺乏，而是题材太多，反而因此下笔为难了。

美国的作家不但值得我们美国人的爱惜和珍视，我们应该大大

---

① 蔡德尔 Henry Chettle(1560？—1607)英国小说家，斥莎士比亚为“爆发小乌鸦”的格林(Rocbert Greene)，蔡德尔曾为莎士比亚辩护，此处原文疑有误。

地替他们炫耀。美国的作家人数不多，我们这点盛意还用不完。美国既然可以把自己的亲生骨肉搂在怀里，她何必再把自己的抚爱浪费到别人家子女身上去呢，我所说别人家的子女，所指的是英国人，因不管你信不信，英国在很多地方同我们的出入是太大了，她只能算是个外国。讲到真正情感上的联系，中国跟美国之间是更为密切。美国历来的大作家大约也有几十位；即使美国一个大作家也没有吧，我们也应该先嘉奖自己的平庸的子女，然后再去嘉奖别人家优秀的子女（因为优秀的成绩总是处处值得人赞美的）。

我们并不是说美国人的天才需要嘉奖鼓励，然后始有发展可能，因为天才之为物，具有爆炸性，即使你用螺丝车床把它锁住，用三种钢把它困住，它还是会炸裂扩张。我所以劝美国人特别注意美国作家的伟大者，是为了美国的缘故，不是为了作家私人的缘故。因为美国作家的伟大正是如日方升，假如美国人自己还没有觉察，别国人已经先我们替我们的文坛英雄加起冕来了，这对于我们将是多大的羞辱！可是情形差不多已经是这个样子了。美国作家从某些英国人那里所得到的赞美，比从本国人那里所得到的，更为恰当，而且更显得独具只眼（虽然有时候也捧得过分而可笑）。美国今日的批评家，顶多只有五位，而且一大半还在那里打瞌睡。讲到捧场吧，现在是美国作家在替美国捧场，并不是美国在替美国作家捧场。假如有时候有几个作家特别吁请国人对他们加以注意，他们的动机不完全是自私的，他们为的是国家的光荣。

美国作家能够完全自成一家之言，表示独特的天才，值得大书特书的，人数的确并不多。有一位作家，在美国也许是最受鼓颂最受欢迎的一位——作风飘逸平易，优秀之处的确不少，自出心裁之处也不少，可是他承认他是模仿外国作家的，他的题材也是故意挑选最平和的一种，他的得名主要的也是靠他的平易和模仿①。但是一个作家宁可独创而成功，不愿模仿而成功。一个人假若面面俱到，没有一点失败的地方，这个人一定没有什么了不起。失败也者，是测量伟大的真正的标准。有人这么说：一个作家的作品假如始终是成功的，足见其人颇有自知之明，知道自己的力量在什么地方；但是我可以补充一句：这种人纵然知道自己的力量，他的力量一定有限得很，美国人若是专靠这辈有自知之明的平易隽永的作家，美国文坛将要没有前途了。他们这辈人只是替郭德史密斯②及其他英国作家做个补充而已——我说这句话，绝无恶意，事实的确如此。我们不需要美国的郭德史密斯，不但是郭德史密斯之流我们用不着，即使是美国的密尔顿，又有什么了不起呢？一个真正美国作家，硬拿他来同外国作家相比，称之为"美国的某某人"，这实在是最煞风景的事。你只要说他是"美国作家"足矣，因为没有比这个头衔更光荣的名称了。我的意思并不是说：美国作家都应该孜孜地发扬民族国家的特性事务；我只是说，美国人用不着模仿英法的作家，他只要表扬人性，说人话，写人的文章，他的作品一定也是最有美国特性的文章了。我们文坛上最坏的影响，是事事模仿英国的奴性，这种奴性非去除不可。假如英美之间，一定有一家要有奴性的话，那么让英国人来模仿咱们好了，何必咱们去模仿他们呢？我们在政治方面正是积极地准备执世界各国的牛耳，此事到了本世纪之末，大致也可以实现；可是我们在文学方面真不争气，丝毫没有领袖各国的准备。非

① 此人恐指欧文。

② 郭德史密斯 Oliver Goldsmith(1782—1774)，英国作家。

Nathaniel Hawthorne.

但如此，我们似乎还存心以附人骥尾而自足。在过去，我们倚赖人家似乎还有理由可以说得通；可是现在这种理由不再存在了。关于这一点，我们所要补充加强的就是这几句话：我们承认世界各国作家的优秀不凡，可是我们对于外国作家用不着盲目瞎捧，对于本国的优秀作家，也要确认其地位；所谓优秀作家者，在每样事情上，都表现出一种自由自在的民主基督教的精神，他们实际上是世界的领导者，虽然他们是美国人。我们不妨率直地痛骂一切模仿之作，虽然模仿得可能很成功，读来像晨光一般的芳香优美；我们应该扶植一切独创之作，虽然它们可能鬼陋别扭，像美国老松似的盘根错节。即使我们有一位作家写坏了，或者是给人一种写坏的印象了，我们不妨替他打气，拍拍他的肩膀，叫他再接再厉，和欧洲作家作第二回合的交战。从某一个观点说来，我们需要民族文学，实在迫切之至，我们不得不拉破脸来硬干，否则我们就只好自认失败，永远赶不上人家了。

全国的同胞们，提起我们有血肉之亲的优秀作家，除了霍桑之外，有谁更值得我大书特书的呢？霍桑绝不模仿他人，而他自己的一套，人有也不容易模仿的。他在美国作家之中，属于凌驾前人崭新的一代。他的作品里到处放出一种山毛榉和把栂树的香气，美国广大的草原就在他的灵魂里面；他的灵魂，深邃而高贵，假如你深入探查，可以听到尼亚加拉大瀑布的奔腾的声音。他是个伟大的作家，承认他的伟大是我们可喜的责任，我们且不要把这种喜悦留给后人去享受吧。让我们这一代就享受这种喜悦，我们的作家因此衷心感谢说不定可以写出更伟大的作品来。我们公开承认他的伟大，不啻也是替别人鼓吹，这一来我们使整个文坛都振作起来了。因为全世界的天才是手系手的连结在一起的，你承认了一个人的伟大，这一点承认就像电光一闪似的，全体文坛就都通上电了。

我所讨论的是霍桑的作品（因为我从来没有遇见过霍桑其人；我所过的是一种安静的垦殖的生活，离开他所游息的地方很远，恐怕这一辈子都要无缘识荆了）①，我所讨论的是他的作品，可是我没有提起他的《故事重述》与《红字》。这两本书写得都非常之好，它们的优点是多方面的，是奇异的，是弥漫全书的，叫我把这些优点列举出来，不但全部举出来是不可能的，恐怕就是举一半出来，时间也不容许。那两本书里，还有种种优点，和英国大家相比，毫无愧色；它们假如是在一百年之前，在英国所写的，那么霍桑其人之名，绝无问题已经取好几位名作家之名而代之了——那些名作家所以受我们尊敬，无非人云亦云而已。可是我对霍桑，不愿多所赘辞，反正后人的判断最为正确，对他一定会给予公平的评价的。我现在赞美他的话，总算说得很厉害了，但是我觉得我实在并不是在赞美他，我是在替自己说好话。因为从根本上说来，好东西用不着赞美，它自己可以赞美自己。可是一个人对于好东西的真切的爱慕之感，是不吐不快的；一句热诚的赞美的话说全之后，齿颊还留余芳。承认别人的好处，本身就是一件好事。

① 1850年10月梅尔维尔全家迁麻萨诸塞州Pittsfield的“箭头农场”（Arrowhead Farm）。时霍桑居Lenox，距梅家甚近，二人交谊颇密。